中国海洋故事

SEA STORIES OF CHINA

中国海洋故事

航海卷

总主编 盖广生

主编 宋殿玉

撰稿 闫函

中国海洋大学出版社
·青岛·

中国海洋故事丛书

总主编　盖广生

编委会

主　　任　盖广生

副 主 任　杨立敏　李夕聪

编　　委　盖广生　杨立敏　李建筑　李学伦

陆儒德　刘怀荣　巩升起　宋殿玉

李夕聪　刘文菁　丁玉柱　纪丽真

张　华　徐永成　张跃飞

总策划

杨立敏

执行策划

李夕聪　张　华

中华海洋文明的历史见证
——深藏在中国历史文化中的海洋故事

　　亲爱的朋友，当你翻开这套散发着油墨芬芳的精美图书，目光触碰到"中国海洋故事"的书名时，你的脑海里会想到什么呢？

　　你一定听说过大禹治水和精卫填海的神话故事吧？但你不一定知道，这两个古老的海洋故事来源于《山海经》，一部距今2000多年的中国古代传奇性地理百科全书。

　　广东省的徐闻县和广西壮族自治区的合浦县，相信大多数读者不会太熟悉，但在中国古代，这可是两个载入史册的著名海港，它们是我国古代海上丝绸之路最早的始发港，这在距今近2000年的历史文献《汉书·地理志》中有详细记载。闻名世界的中国古代海上丝绸之路，早在汉代就已形成，到唐代时达到第一个鼎盛时期。那时的广州、泉州都是繁华的国际性港口，商贾云集，贸易繁盛。唐代的海上丝绸之路南线是当时世界上最长的远洋航线，这条人类最早的海上贸易通道，当时是怎样一幅繁忙热闹的场景！

你一定对我国明代郑和下西洋的故事耳熟能详，但从世界历史的背景来看，起始于 15 世纪末的欧洲大航海时代（又称"地理大发现"）似乎更具影响力。但是你知道吗，无论是造船技术、航海技术、船队规模还是航线距离，郑和的舰队都比欧洲探险家的船队要高出几个数量级。尤其值得一提的是，郑和下西洋要比欧洲大航海时代早将近一个世纪，堪称人类航海史上的壮举。

在我国南部沿海地区，有一个被称为"海上吉卜赛人"的特殊族群，他们常年以船为家，以捕鱼或海上货运为生，至今仍保留着自己的族群文化，这就是疍民。疍民族群从何而来？他们有哪些独特的生活习俗？他们今天的生活又有哪些变化呢？

作为古老的海洋大国，我们的先人几千年前就形成了浓厚的海洋情结。从秦始皇、汉武帝巡视东海，到徐福东渡海上求仙，先人们表达了对神秘大海的向往之情；从戚继光、俞大猷沿海抗倭，到林则徐虎门销烟、邓世昌殉职甲午海战，中华民族的仁人志士为保卫海疆浴血奋战；近代以来，为实现海洋强国的梦想，一大批思想家、实业家和科学家矢志不渝地经略海洋、开发海洋……这些曾经青史留名的海洋人物，又有哪些传奇的人生经历和动人故事呢?

　　带着这些疑问和好奇,请你静下心来,阅读我们精心为你奉上的这套"中国海洋故事",它将从神话、传说、航海、人物、海战和民俗六个维度,挖掘出几千年来深藏在中国历史文化中的80多个海洋故事,带你感受中华民族浓浓的海洋情怀!

　　我国是一个海陆兼备的国家,自古以来,辉煌灿烂的中华文明主要以陆地文明著称于世,其实,我国的海洋文明一直伴随着陆地文明相生相长、互融互动,同样精彩纷呈!那些承载着中华海洋文明的动人故事就像一捧洒落的珍珠,散布在中华文明这幅壮美的画卷中,只要你留意,就会发现它们在历史的长河里熠熠生辉。

早上趁着涨潮出海，上午到达了群山岛（今韩国群山群岛），这个岛上的山由12座山峰相连，环绕如城。正当徐兢为眼前这一景象感到新奇时，有六艘高丽船只前来迎接，船上载着武将、士兵，击铜锣，吹号角，另有一艘小船上载着一个穿着绿袍的官吏，他手拿朝板拱手行礼，还没通报姓名就退下了，据说他是群山岛的主事，后来翻译官阁门通事舍人沈起与同接伴金富轼一起前来迎接。知全州吴俊和派来使者呈上远迎状，正使和副使收下了。正使和副使只作了揖，没有行跪拜礼，而后派掌仪官前去接应并呈上答书。

官兵们跳上海盗的船英勇杀敌，没过多久，这场
海战就分出了胜负，陈祖义的 17 艘贼船，有 10 艘被
烧毁，其余七艘被俘获，郑和官兵歼灭 5000 余名海盗，
还生擒了陈祖义等海盗首领，将其带回南京。

2015 年 3 月，郭川从法国 IDEC 三体船前任驾驭者弗朗西斯·乔伊恩船长手中正式接管了这艘享誉世界航海界的超级三体帆船，他将该船正式更名为"中国·青岛"号。这艘三体船是被国际航海界公认为简洁、高效、坚固的超级帆船，郭川希望能在它的陪伴下为中国写下新的航海篇章。

目录

海上丝绸之路

——远渡重洋的中国『名片』

浩渺的大海既是阻隔大陆之间的鸿沟，也是连通彼此的桥梁，一条条看不见的海上航线将世界紧密地连在了一起。在这些静默的航线中，有一条最长的航线延续了 2000 多年，它由中国先民开辟，是东西方互通有无、友好往来、文化交流的重要通道，这就是海上丝绸之路。

中国海上丝绸之路分为"北方海上丝路"和"南方海上丝路"。"北方海上丝路"是从山东沿海出发，过辽东半岛，后达朝鲜半岛，乃至日本列岛；"南方海上丝路"是从中国东南沿海城市出发，到达东南亚、非洲等地。海上丝绸之路形成于秦汉，繁荣于唐宋，在明初达到顶峰。无数的船舶在这条航线上云帆高张，满载着丝绸、瓷器、茶叶等中国货物从东向西航行，而这些货物也成为中国瑰丽的"名片"。

丝绸，中国最早的"名片"

在西汉时期，一艘满载着丝绸等货物的中国商船从徐闻港出发，经东南亚、南亚各国，最终到了已程不国（今斯里兰卡）。一路上，商船经历了数次大风暴，船上的商人有的被吓得脸色煞白，有的狂吐不止，他们早已知道海上航行风险大，沉船的事时有发生，可是还是愿意冒险出海，因为他们深知这样的冒险背后是巨大的利润，在已程不国已经有来自西方的商人带来的奇珍异宝，正等着与中国商人进行贸易。同一时代，在欧亚大陆的另一端，公元前 1 世纪的一天，古罗马恺撒大帝穿着中国丝绸长袍去看戏，他一出现在众人面前时立即成为全场瞩目的焦点，众人纷纷夸赞他的长袍精美绝伦，观众们甚至无心看戏。一时间，丝绸成为古希腊和古罗马上流社会竞相追逐的时尚品，而他们也对那个生产丝绸的神秘国度产生了好奇。

西汉汉武帝时，国力强盛，他曾两次派张骞"凿空"西域，打通了从汉朝通往西域的道路，远达地中海一带，这就是著名的"陆上丝绸之路"。丝绸最早就是通过这条陆上丝绸之路输送到印度和中亚，再由印度和波斯商人转售到欧洲。丝绸受到了欧洲人的青睐，它的价格堪比黄金，人们想知道这样轻薄且华美舒适的织品产自何处，但是想从中赚取高额利润的印度和波斯商人隐瞒了丝绸的产地。在很长一段时间里，罗马人只知道丝绸产自东方一个遥远的国度，便用"seres"（赛里斯）来指代它。"Seres"便成为中国最早的一个外文称呼，意为"丝国"。西方最早就是通过丝绸认识中国的。

"海上丝绸之路"的建立

由于陆上交通易受到匈奴等部族的阻碍，汉武帝又开拓了南海的对外交通与贸易活动，从而开辟了海上丝绸之路。西汉初年，汉武帝平定南越后，派使者沿着南越国开辟的航线远航南海，经东南亚，穿越孟加拉湾，抵达已程不国，然后由此返回。一路上，他们受到沿途各国的热情接待，有时还有当地的海船护送。而就在西汉想直接与西方贸易时，在陆地上与中国

隔着大月氏和安息两大国的罗马也想与中国直接交往。罗马商人乘船从埃及红海出发，越过阿拉伯海，到达斯里兰卡等地区，用宝石和红海产的珍珠与中国商人交换丝绸。直到汉桓帝延熹九年（公元166年）大秦王安敦派使臣来到中国，第一次疏通了东西方海上运输的大动脉，连接欧亚大陆的"海上丝绸之路"才真正地建立了起来。

空前繁荣的"陶瓷之路"

由于自然条件恶劣，需要穿过大片沙漠、翻越崇山峻岭，而且常常受到战争、政治等方面的影响，陆上丝绸之路时断时续，而海上丝绸之路逐渐繁荣起来，成为维系东西方往来的重要通道。唐宋时期，由于开明的外交政策、经济中心的南移、造船业的迅速发展，海上丝绸之路空前繁荣。这一时期，瓷器开始成为中国主要的外销产品。

公元9世纪，一艘阿拉伯商船满载着中国货物，经由东南亚向西亚、北非驶去。船上的人都怀揣财富梦想，他们归心似箭，期盼着回到家乡的那一天。然而大海却是无情而冷漠的，船行驶到勿里洞岛附近海域时，突然撞到一块大礁石，不幸沉没。这艘商船在海底沉睡了千年之久，直到20世纪末才被发现。1996年，德国一家水泥厂的老板蒂尔曼·沃特方，听说在苏门答腊岛附近海域沉有大量的古代珍宝，就带着潜水装备前去淘宝。几次下水后，他就有了收获。1997年，他发现了一艘 10 世纪的中国沉船，并打捞出北宋的瓷器、印尼的黄金首饰等珍宝。1998 年上半年，他又发现了一艘 15 世纪的中国沉船，打捞出一些明代瓷器。沃特方被这片海域深深地吸引，每一次的打捞都带给他巨大的惊喜，然而最令他感到震撼的是"黑石"号的发现。1998 年 9 月，他在勿里洞岛附近海域一块巨大的黑色礁石旁发现了一艘沉船，并将其命名为"黑石"号。"黑石"号上有数量惊人的瓷器、金银器、铜镜、唐代钱币等物品。在这批物品中 90% 以上都是瓷器，总数为 67000 多件，以湖南长沙窑瓷数量最多，约有 56500 件，此外还有几百件精美的青瓷、白瓷和白釉绿彩瓷。"黑石"号的发现，被考古学家称为 20 世纪末最重要、年代最久远的深海考古发现之一。美国《国家地理》杂志后来评论称，这是一次千年前"中国制造"的集中展示。

在唐代，丝织品是政府物产税收的主要来源，为保证国库收入，唐德宗在建中元年（公元 780 年），曾禁止用锦帛、绫罗与诸藩互市。与此同时，中国的陶瓷迅速发展起来，北方邢窑的白瓷、南方越窑的青瓷更是名扬海外。瓷器与丝绸不同，沉重易碎，陆上用骆驼、马车运输非常不便，更适合海上运输，于是瓷器从原来作为特产和礼品少量携带，迅速成为大宗商品。瓷器的外销呈现出空前繁荣的局面。明代中叶以后，不少外国商人前来购买、定制中国瓷器，促使中国一种特殊瓷器——外销瓷的产生。日本著名的陶瓷专家三上次男经过研究后，把这

条从中国广州等地出发直达罗马等地中海国家的海上丝绸之路称为"陶瓷之路"。

飘荡在大海上的悠悠茶香

1610年，荷兰人从印度尼西亚把中国的茶叶带到了欧洲，从此欧洲各国逐渐形成饮茶习惯。在英国流传着这样的民谣："当时钟敲响四下，世上的一切瞬间为茶而停。"喝下午茶是英国人的生活习惯，这种饮食习惯可以追溯到17世纪。1662年，葡萄牙公主凯瑟琳远嫁英国国王查理二世，在她昂贵的嫁妆里就有一小箱中国红茶和精美茶具。凯瑟琳皇后常常用茶招待来访的宾客，喝茶很快在宫廷中流传开来，贵族们纷纷效仿。在当时的英国茶叶价格十分昂贵，喝茶成为身份和地位的象征。

相比于欧洲，日本与朝鲜接触到中国的茶文化要早五六百年。饮茶成为文化习俗兴起于唐代，盛行于宋。在中国，茶与佛教的关系在唐代更加密切。大唐僧人鉴真经过种种磨难，曾五次尝试东渡日本未果，终于在天宝十二年（公元753年），搭乘日本遣唐使大船东渡扶桑，鉴真随行24人，带去了大量的药品和茶，这是文献中日本有关茶的最早记载。唐德宗贞元二十年（公元804年），日本遣唐僧人最澄乘船来到中国天台山清国寺跟随道邃法师学习佛法，道邃法师为他沏了一杯天台山当地的名茶，最澄喝完后感到滋味浓烈鲜爽，回甘持久，从此便喜欢上了饮茶。最澄回国之时，带了三件宝物：一是佛经，二是书法碑帖，三是茶种。回国后，最澄把茶种播种于京都比叡山麓的日吉神社旁，从此日本开始了茶的种植。但是，日本茶树品种老化，制作工艺简陋，导致茶的口味苦涩，因而没能形成饮茶法和茶道文化。直到宋朝，荣西循着海上丝绸之路来到天台山万年寺学习佛法，万年寺僧人禅不离茶，还将种茶、制茶、饮茶列入万年禅门清规。荣西在这里接触到了一整套种茶、制茶、饮茶的技术和方法，他一边参禅习佛，一边学习茶文化。回国后荣西再次带来了中国茶、茶具和点茶法，他也因此被奉为日本的"茶祖"。茶道最初经由海上丝绸之路从中国传入日本，其茶文化一开始是复制、模仿中国的茶文化，后来历经了漫长发展，最终演变成具有鲜明本土特色的日本茶道。如今，茶道早已在日本流行并发扬光大，日本茶道也成为世界茶道文化的典型代表。

北宋明州诗人舒亶有诗曰："梯航纷绝徼，冠盖错中州。草市朝朝合，沙城岁岁修。雨前茶更好，半属贾船收。"明州，其地理位置优越，濒临大海、地势平坦，又处于古代大运河的南端，自古以来就是中国对外贸易、人员往来的重要港口。明州自古产茶，而饮茶之风的盛行，又促进了越州、明州青瓷茶具的生产，慢慢地明州茶和茶具名扬海内外。就这样，一批又一批的明州茶和青瓷茶具被装上海内外的商船，从明州出发，先是运到朝鲜半岛、日本，后来又销往东南亚、阿拉伯、波斯等地区，形成了一条悠远飘香的"海上茶路"。

海上丝绸之路，不仅是一条互通有无的商业航道，更是一条推动东西方交流的文化桥梁，它谱写了古代中国对外交往的灿烂诗篇。现如今，海上丝绸之路的影响仍在延续。2013年10月，国家主席习近平访问东盟国家时提出共同建设21世纪"海上丝绸之路"，这将会给古老的商路带来新的生机，促进中国与沿线国家的经济文化交流与发展，同时也向世界展示历久弥新的中国"名片"。

以求仙之名谋生路
——徐福东渡的故事

徐福是山东黄县人，黄县也就是今天的山东龙口，在战国末期是齐地方士活动最活跃的地区。徐福正是在浓郁的方仙道学的氛围中长大的，从小耳濡目染，深受阴阳五行学说和道家神仙思想的影响。徐福像其他方士一样也从事寻找仙药、炼制仙药的活动，他的求仙足迹遍布山东沿海各地；同时，他也是一位有理想、有学问的方士，精通阴阳家、道家的学术思想，对草药学、天文学、航海知识也颇有了解。

为求长生寻仙山

春秋战国时期，流传着这样一个传说：渤海中有三神山——蓬莱、方丈、瀛洲，住在那里的神仙掌管着长生不老之药，而蓬莱仙山上还长着能使人起死回生的仙草。这对那些想要永享荣华富贵的王侯将相来说是个巨大的诱惑，齐威王、齐宣王、燕昭王都曾派人寻找传说中的"三神山"和长生不老药，但是都没有找到。

这个传说的盛行，在很大程度上是由于从事方仙道活动的方士们的大力宣传。方士们宣称，人可以得道成仙，长生不死。他们致力于寻求仙药，同时也自己炼制丹药，其中既有巧舌如簧的招摇撞骗之徒，也有懂得阴阳五行和道家思想的有才学和抱负之人。方仙道起源于燕、齐一带，方士在这一带也最为活跃，燕、齐东临大海，海边常有海市蜃楼的奇观出现，方士们就解释说，那是海上的三座神山，那里的飞禽和走兽都是白色的，宫殿都是黄金、白银打造的，还住着仙人，他们有一种仙药，人吃了能长生不老。但是仙山是可望而不可即的，从远处看，在水面飘忽不定，当你靠近时，它又隐藏于水下，只有得道之人才能到达仙山。

公元前 230 年至公元前 221 年，秦国先后灭掉韩、赵、魏、楚、燕、齐六国，结束了长达数百年的诸侯割据局面，统一了全国。自命不凡的秦始皇想永远享受权利和荣华富贵，于是他将希望寄托于海外仙山的长生不老药上。

公元前 219 年，秦始皇到东部沿海各郡巡视，先登上了邹峄山，在这里竖立石碑记下自己的功德；后来又登上泰山举行了封禅大典，刻立石碑，祭祀天神；然后礼祠梁父，祭祀大地。最后到达了琅琊，秦始皇早就听说在琅琊有机会目睹海上仙山，于是迟迟不肯离去，在这里停留了三个月之久。这天，一位官员急匆匆地向他禀报说，海上有仙山显现，秦始皇听后，急忙赶到海边，真的看到了一座翠绿仙山飘浮在空中，此刻他对"三神山"的存在深信不疑。他望着茫茫大海感叹人生之短，秦始皇意识到他现在所拥有的一切都会随着他生命的终结而消失，他什么也带不走。可是，如果他能得到长生不老之药，那么天下将永远是他的。秦始皇将今日之景象看作一个征兆，一个成为万世君主的征兆。正当秦始皇做着长生不老之梦时，一位齐地著名的方士——徐福上书说，渤海有蓬莱、方丈、瀛洲三神山，山里的神仙有长生不

老的仙药，他表示自己愿意赴汤蹈火为秦始皇求得长生不老药。

徐福巧言取信于始皇

徐福知道，秦始皇虽然痴迷于长生不老，但他生性多疑，所以第一次出海没有提出过多的要求，只求千名童男童女。秦始皇听了十分高兴，立即同意了他的请求。不久，徐福便率领船只从琅琊港出发，到达了朝鲜半岛的西海岸，然后继续南下探察，并没有找到长生不老药，所以很快就原路返回了。此次出海行动让徐福隐约感到海外仙山和长生不老药的虚妄，可是眼下问题并不是仙人与长生不老药是不是真的存在，而是如何保住性命。

徐福知道如实奉告不是一个明智的决定，要想保命只能让秦始皇看到寻找到长生不老药的希望，可是一直拖着也不是办法，总有一天秦始皇会失去耐心，要想过上安稳的生活必须离开这片秦土。归航后，徐福主动求见秦始皇，他对秦始皇说："臣确实见到了海中的神仙，那神仙问，'你是始皇帝的使臣吗？你为何而来？'臣如实相告，'臣是奉了始皇之命到此，向仙人求取延年益寿的良药的'。神仙听后摇摇头说，'秦王的献礼太薄，心意不诚，所以你只能观瞻这长生不老药，而不能取走'。臣跟着仙人来到蓬莱山，见到了芝成宫宫阙，里面有龙形铜色的使者，他发出的金光照亮了整片天空，于是臣再拜而问，'礼数怎样才算是够呢？'神仙答道，'要更多的童男童女、百名工匠才能换回长生不老药'。"

秦始皇听了徐福的描述，非常高兴，立刻赐给徐福三千童男童女、百名工匠、大量的粮食和种子。这些人力、物资都是在海外长期生存所必备的，徐福打算，这一走就永远不再归来，他要带领这些人逃离秦始皇的残暴统治，找到一个海外岛屿，开启新的生活。现在他已经具备了发展农业、工业的条件，只是，船上还需要一些武器装备，以防有意外情况的出现。

东渡日本永不归

秦始皇在公元前 210 年再次巡视琅琊，在这期间的一天夜晚，他梦见自己与海神激战，那海神是人形，正当海神将宝剑刺向秦始皇的一瞬间，他从梦中惊醒。第二天，秦始皇叫来负责占卜的博士，那博士回答说："那不是海神而是大鲛鱼。陛下梦到此恶神，一定要想办法把它除掉！这样才能把善神请来，消灾得福。"秦始皇对此将信将疑。

过了几日，徐福再次拜见秦始皇。这次徐福骗秦始皇说："陛下，去蓬莱仙山取药的条件都满足了，只是途中有大鲛鱼阻拦，所以无法到达，请陛下派弓箭手，配备弓弩，以射杀大鲛鱼。"秦始皇见徐福空手而来，本来非常生气，暗自决定要杀掉徐福。可是听徐福这么说，恰巧晚上又梦到自己与海神激战，于是又相信了徐福，不仅为徐福的船上配备了弓箭手

和弓弩，还随船巡视。海船由琅琊起程，经过荣成山，前行到芝罘一带时，果然见到大鲛鱼，弓箭手当即射杀了大鲛鱼，秦始皇看到大鲛鱼沉入海底，便心满意足地返航了。在徐福再次出发寻药之前，秦始皇对徐福说："朕为你的船上配备了最好的弓箭手和弓弩，这次一定要取回长生不老药，可不要让朕失望，要知道朕坑杀的方士已经够多了，也不差你这一个！"徐福则一副信心满满的样子："请陛下放心，臣定当完成求药使命，使陛下能永掌千秋大业。"

这一次，徐福船队的武装力量得到了极大的增强，出海准备工作终于全部完成了。徐福站在船头，久久望着养育他的这片土地，想到自己将永远无法回来，不禁泪流满面。他一方面为自己能逃离秦始皇的残暴统治感到庆幸，另一方面又感到愧对家乡故土，他没有能力对抗秦始皇，只能选择逃避。徐福在心里为自己的朋友祈福，愿上天保佑他们能躲过种种磨难，平安度日。

徐福向北过鸭绿江入海口，到达朝鲜半岛西南岸，然后继续南下，抵达济州岛。之后发现了一个大岛，就是现在的日本九州岛。徐福一行到九州岛时，将一酒杯放入海中，让自由漂浮的酒杯为其引路，酒杯停在哪里就在哪里登陆，现在佐贺县诸富町有一处名叫"浮杯"的地方，相传就是徐福登陆的地点。从此，徐福就在日本久住了下来，开垦土地，繁衍生息，徐福教当地人种水稻、养蚕、纺织、凿水井、制造农具、传播医学知识……给当地民众的生活带来了翻天覆地的变化，促进了日本经济和文化的发展。直到今天，在日本的许多地方每年都会举行纪念徐福的活动。佐贺县有一座金立山，建有金立神社，以徐福为主祭神，他被奉为农耕之神、桑蚕之神、纺织之神、医药之神，每50年举行一次大祭。到达日本后，徐福担心秦始皇派兵追来，还在日本修筑了长城。事实上，徐福不知道，在他出海不久，秦始皇就去世了。

徐福此次航行，从山东半岛出发，经辽东半岛、朝鲜半岛西海岸，最后到达日本列岛，这条航线也是秦朝到唐朝中期中日往来的海路，被称为"北方海上丝绸之路"，而徐福东渡日本为中日文化交流做出了巨大的贡献。

求法东归

——法显的海上冒险之旅

公元411年八月，一位年逾古稀的老人站在狮子国（今斯里兰卡）的港口，向北而立，双手合十，告别这个他跋涉万里、历经艰辛到达的佛国："我西行求法的使命已经完成。现在，只剩下最后一个任务就是把这些真经戒律带回我的家乡。佛祖保佑，让东去的商船将我送达中土家园。"这位老人就是东晋高僧法显。

为求真经，西行求法

法显生于337年，由于家境贫寒，自幼体弱多病，他三岁时，便被父母送到襄垣的仙堂寺剃度出家，以求佛祖保佑，从此法显便一心向佛。在17岁那年，有一天他和其他僧人在田间收割稻谷，这时，一些流亡的难民要抢夺稻谷，其他僧人纷纷逃走，只有法显一人留了下来，他平静地对难民们说："佛家慈悲，稻谷你们可以任意拿，但是你们要知道，你们之所以受饥饿之苦，是因为前世不做善事，而得到了惩罚，现在你们又要抢夺稻谷，来世还要受更大的苦难。"法显的话让难民们感到羞愧，他们便放下稻谷离去。少年法显就显示出其过人的胆识和对佛法惊人的悟性。

佛教戒律对法显影响非常大。怀着强烈的求知欲，凭着惊人的胆识，法显前往当时中国的佛教中心——长安，继续学习佛法。广泛而深入的佛法研究和常年严谨的修行生活使法显成为一位著名的高僧，他的信徒也渐渐多了起来。然而，法显发现，在当时的中国佛教虽然盛行，发展却相当混乱，对佛教经典的误读和戒律不齐全等问题导致庞大的僧人队伍没有统一的律法规范，违反教规的事时有发生，甚至有人打着佛教的幌子迫害、欺骗百姓，而数量众多的佛教团体各持己见，对佛家教义争论不休。

法显时常感叹戒律的缺失，他急切地想找到完整的佛家戒律以规范教化中土的僧团。都说佛祖有 500 条戒律，可是如何才能找到完整的戒律呢？日有所思，夜有所梦。一天夜里，法显像往常一样带着疑问和忧虑入睡，佛祖竟在他的梦里显现，并告诉他："你若想寻找完整的佛教戒律，须到佛国天竺去，我将佛学的真谛都留在了那里，可是一路艰难险阻，需要你有很大的决心和毅力，还要怀着对佛的虔诚信仰，才能到达。"第二天，法显醒来，下定决心去天竺为中土佛门弟子求得真经戒律。

399 年，62 岁的法显与慧景、道整、慧应、慧嵬等几位志同道合的僧人一同踏上了漫长的西行求法之路。他们西出玉门关来到西域，穿越茫茫沙漠，翻越高山雪岭，到达天竺。法显游历天竺（今印度、巴基斯坦等南亚国家）各国，瞻仰佛陀遗迹，拜访高僧大德，抄写佛家典籍，最终求得完备的戒律。与法显同行的僧人，有的早已返回汉地故土，有的选择留在天竺，还有的将自己的生命永远地留在了西行求法的途中。只剩下法显独自一人踏上归国的漫漫旅途。已经 70 岁高龄的法显深知，

如果自己独自一人带着大量的经卷穿越沙漠和雪山，一定凶多吉少，他担心自己历尽千辛万苦寻求到的经律典籍无法送到中土家园。正当他为归途发愁之际，一个中土客商建议他："在南方的港口，定期会有商船航行到东方故土。你可以搭乘商船从海路归国。"这个建议给法显带来了希望，他决定听从商人的建议走海路，在狮子国乘船回中国。

完成使命，渡海东归

面对苍茫大海，法显回顾自己西行求法的经历，他整整用了 13 年的时间，历经千难万险，终于完成了自己的使命，他抚摸着自己求得的经律典籍，感到一切的磨难都是值得的，在中土故乡正有无数的佛门弟子等待着他带回真经戒律，为汉传佛教正本清源、仪轨整肃。他在心中祈求佛祖保佑他平安地走完这最后一程海路。

每年八月，许多外国的贸易商船都会从狮子国出发前往中国，因为这时印度洋上吹西南信风，商船上没有动力装置，只能靠风力和海流将船送往中土大陆。然而，海上变幻莫测，法显的归国之旅充满了艰难险阻。法显搭上了一艘波斯商人的大船，这艘船载有 200 多人，后面还系有一艘小船，以备大船在航行中毁坏时使用。法显将求来的佛教经卷捆好放在身边，一路上双手合十默念佛经。大船刚向东航行了两天，就遇上猛烈的风暴，惊涛骇浪不停地拍打着船身，大船随时都有可能被巨浪吞没。此时商人又发现船底出现几处裂缝，有大量海水渗入，船上一片混乱，人们争先恐后地逃往小船，先登上小船的人怕人多了会把小船压沉，就将绳子砍断自行求生去了。留在大船上的商人万分惊恐，害怕大船沉入水中，一位有经验的商人建议大家把船上的重物都丢到海里去以减轻船的重量，然后堵塞漏水处。法显迅速将自己随身携带的器物抛入大海，但他誓死保护自己的经卷和佛像。当船稍有平稳，法显就静坐于经卷旁边，双手合十，默念菩萨的名号以及死去的汉地众僧的名字，希望得到他们的保佑。众人在担惊受怕之中在海上漂泊了13个昼夜，终于来到了一个海岛上，待修补船的漏水之处后再继续航行。

在茫茫大海上，很难辨清方向，法显搭乘的船上没有指南针，掌舵的人须根据日月星辰的位置前行。遇见大风船便失去了控制，只能任风浪把它带向未知的地方，每当遇到难得的好天气，舵手便赶快拨正航向。就这样，船在海上艰难地航行了90多天，到达了一个叫耶婆提的国度。法显在此停留了五个月后，再次踏上归国的航程，这次他搭乘另一艘商船向东北方向航行，这艘船的目的地是广州。

不料，在海上航行一个多月后，一天夜里，商船遭遇了台风，暴风骤雨铺天盖地而来，商船失去了控制，像一片跌落急流的树叶随时都有可能被波涛吞没。船上的乘客十分惊慌，婆罗门商人纷纷祈求神灵的保佑，慌乱中，法显引起了大家的注意，

他双手合十静坐在佛经旁，神情透出一种平静与安宁，仿佛这场风暴与他无关。商船在暴风中挣扎了一夜，这天夜里几个婆罗门商人窃窃私语，策划着一场可怕的阴谋。婆罗门商人认为他们此次航海之所以如此艰险，都是因为搭载了法显这个异教徒，所以议论要把法显丢入大海。通晓梵文的法显知道自己将面临的险境，他默默念诵经文，向菩萨祈祷。就在几个婆罗门商人向他走来要把他扔下海时，一位信奉佛教的施主挺身而出，对婆罗门商人说："你们若是想扔下这位和尚，就请把我也扔下吧！或者把我杀掉。否则到了汉地，我要向国王告发你们，那里的国王信奉佛法，敬重出家人，若是他知道了你们犯下如此可怕的罪行，一定不会饶恕你们的！"这番话把婆罗门商人震住了，他们纷纷表示绝不会把法显扔下大海。此时，风浪逐渐减小，商船继续向东方航行。

重返家乡，发扬佛法

按正常的航行，只要50天就能到广州，而商船已经在海上航行了70多天，还不见大陆，眼看船上储备的粮食和淡水就要用尽了，人们再次担忧起来。商人们认为一定是船走错了方向，于是商船转向西北方继续行驶，寻找靠岸的地方。商船又行进了12天。一天清晨，一位商人突然大喊了起来："陆地！是陆地！我们到了！"法显看见岸上生长着自己熟悉的蔬菜，他知道这就是让他魂牵梦绕的汉地了，可是他不知道这里具体是什么地方。于是，法显询问过路的两个猎人："这里是什么地方？"猎人们告诉他："这里是青州长广郡地界，统属于晋朝。"（青州长广郡就是现在的青岛崂山地区）此时的法显感慨万千，他双手合十面向西天，感谢佛祖保佑他渡过重重难关，回到家乡故土。长广郡太守李嶷信奉佛法，他听说有僧人带着佛经、佛像乘船从遥远的佛国天竺来，当即带着下属赶到海边迎接。

法显带回的经书有 12 部 60 余卷 90 多万言。他希望将这些手抄梵文经书翻译成汉文，传播四方。接下来，法显要找一处适合翻译佛家经典的场所，由于南北分裂，北方多年战乱，许多佛学大师都已南下，法显也没有选择回到长安，而是到了东晋国都建康（今南京）。在建康的道场寺里，法显与天竺僧人佛陀跋陀罗携手翻译浩如烟海的佛经典籍，同时，他还为僧人们讲经说法，吸引了许多僧人到此学习交流。经过两年的努力，法显与佛陀跋陀罗翻译完成了《摩诃僧祇律》《佛说大般泥洹经》等经律，大大丰富了中土佛教律藏的内容，为汉传佛教的发展做出了巨大的贡献。

414 年，77 岁的法显离开建康，来到荆州（今湖北江陵）的辛寺潜心修行，并在这里写下了闻名世界的《佛国记》，法显用质朴、简洁的语言记录了求法的艰难历程和沿途的异国风光，这是一部有深远影响的游记，不仅成为研究中亚、南亚历史文化和佛教历史的重要文献资料，为中国与这些地区的文化

交流做出了巨大贡献，同时展现了中华民族勇于开拓的伟大精神。

法显自 399 年从长安出发，游历 30 余国，历经千辛万苦，完成了一项前无古人的伟大壮举。他的航海经历至今还有许多尚未解开的谜团，其中最令人困惑的一个问题是，法显登陆的耶婆提到底在哪里？有人说是爪哇岛，有人说是苏门答腊岛，还有人说可能是美洲大陆，不论事实如何，法显的航海经历已经在中国乃至世界航海史上书写下辉煌灿烂的篇章。

六次渡海终遂愿

——鉴真和尚东渡的故事

公元 701 年，一位 13 岁的少年随父亲前往淮南名刹大云寺烧香。置身于寺庙中，他被悠扬的钟声、典雅的佛教建筑、和尚们专注的诵经声和空气中飘荡着的悠悠檀香深深地吸引住了。虽然生活在繁华富饶的扬州，从小家境优越，但少年却对寺院清净简朴的生活产生了向往。他久久注视着佛祖的铜像，佛祖体态丰盈、慈眉善目，似乎要向他诉说着什么。他在佛像下向父亲表达了自己想当和尚的心愿。他的父亲是一位虔诚的佛教徒，听到儿子这么说，虽然有些惊讶，还是欣然接受了，心想：“这大概就是佛缘吧！”于是，少年便在大云寺出家了，他就是鉴真。

潜心修佛成高僧

鉴真自幼聪慧好学，除了学习佛教经典以外，还对建筑、雕塑、医药等产生了浓厚的兴趣，而大云寺不仅有丰富的经卷、精美的建筑和雕像，也集中了许多人才，鉴真的志趣在这里得到了很好的发展。705 年，鉴真离开扬州来到光州（今河南潢川），著名的受戒师道岸和尚为他受菩萨戒。为了更好地钻研佛学，鉴真到洛阳、长安拜结高僧，他的聪慧、勤奋得到了许多名师的认可和赞扬。708 年，20 岁的鉴真受具足戒正式成为一名和尚。之后，鉴真一直在洛阳、长安潜心研究佛学，直到 713 年，25 岁的鉴真回到江南地区，决心在家乡弘扬佛法。此后数十年，鉴真一直在家乡宣讲佛学，不仅建寺造佛，还为百姓看病施药，深受百姓和僧侣的爱戴。中年时期，致力于"普度众生"的鉴真已经是一位德高望重的僧人了，他的生活平静而充实，似乎以后的人生路一望便知，可此时的鉴真并不知道，在不久的将来，有一次伟大的冒险正等待着他。

与日本学问僧一见如故

隋唐时期，中日两国关系友好，交往密切，日本积极学习唐朝文化，不断派使节来中国学习，其中有许多学问僧，旨在向中国学习精深的佛教文化。当时的日本，僧人受戒制度非常混乱，正需要一套严格的僧伽制度。从唐朝留学回来的日本僧人看到中国佛教有严格的受戒制度，佛教发展秩序井然，于是就向日本天皇禀报了这一情况。732 年，奈良时代第九次派遣遣唐使来中国，荣睿、普照、玄朗、玄法四名学问僧随团前往。这四位学问僧的使命除了学习佛学知识以外，还要邀请一位精通佛教戒律典籍的高僧到日本宣讲佛学，帮助日本建立一套严格的僧伽制度。

荣睿和普照被安排在洛阳大福先寺学习，他们一边学习佛经，一边物色高僧，一有机会便邀请他们东渡日本。大福先寺的道璿应邀随遣唐使团来到日本，但道璿还不算一位佛教高僧，在戒律方面的研究还不足以帮助日本建立严格的受戒制度。于是，还在中国的荣睿和普照，继续寻找佛教高僧。742 年，他们打算回国，但使命尚未完成；正当他们为此事犯愁的时候，

他们认识了鉴真的弟子道航。荣睿和普照向道航讲述了他们想邀请高僧去日本的愿望，道航表示愿意和他们一起前往，并帮助他们解决渡海所需要的船只和粮食问题。

道航是长安大官僚李林宗的家僧，李林宗即是当朝宰相李林甫的哥哥，拥有很大的权势。李林宗也是个虔诚的佛教徒，一天，道航带着荣睿和普照来到李林宗的府邸，一起讨论出国的相关事宜。当时，出国并不容易，要经过朝廷的批准。李林宗给自己在扬州做官的侄儿李凑写了一封信，要求他协助荣睿、普照东渡。得到李林宗的支持，荣睿他们非常高兴，还联络了玄朗、玄法以及高丽僧人如海等一同离开长安前往扬州。

到了扬州，待东渡事宜都安排妥当后，道航带着荣睿、普照到大明寺拜访鉴真。对荣睿和普照来说，能与鉴真这样德高望重的僧人相见是莫大的荣幸。荣睿和普照向鉴真讲起了自己在中国学习佛法的心得体会，鉴真非常欣赏这两位日本僧人，他又询问了佛教在日本的发展状况，荣睿回答说："佛法早已传到了我国。虽有佛法，但是并没有传法之人。"趁此机会，荣睿与普照叩拜鉴真，说："为了佛教在日本的兴盛，我们殷切希望大师能和我们一起东渡日本，为日本带去佛家严格的戒律。"鉴真听了他们的话，对身边的弟子说："我以前听说，南岳有个叫慧思的禅师，去世后转世到了日本，还成了王子，在那里传播佛法，普度众生。我还听说，日本有个叫长屋王的人，是虔诚的佛教徒，他做了1000件袈裟分送给国内著名的僧侣，袈裟上绣着四句诗文'山川异域，风月同天，寄诸佛子，共结来缘'。如此看来，日本是一个与佛有缘的国度啊！"接着鉴真问："今天，荣睿法师、普照法师向我们发出了邀请，你们在座的众僧有谁愿意前去呀？"

鉴真环顾弟子们，没有一个人愿意回应他的目光，都默默不语。过了一会儿，祥彦终于打破了沉默："不是我们不愿意传播佛法，只是两国有大海相隔，海路太过艰险，吉凶难测。我们学问尚浅，还未脱俗超生，万一有什么不测……"听了祥彦的回答，鉴真非常失望，他对弟子们说："传播佛法，怎么能顾惜自己的生命呢！你们不去，我去！"弟子们听了师父的话，心里十分愧疚，纷纷表示愿意跟着师父前去日本。荣睿和普照激动得热泪盈眶："这下，日本佛法兴盛有希望了！"

三次东渡未果

743年的春天，东渡的船只建造好了，船上的用品和粮食也都准备好了，大家都整装待发。可就在这时，一次内部危机爆发了。道航常常以自己是名家子弟又是大官僚的家僧为荣，甚至有些自傲，他一直看不起随行的高丽僧人如海。有一次，道航把自己的想法告诉了其他僧人："这次与师傅渡海去日本是为了传播佛法、戒律，去的人都应该是道德高尚、学问高深之人，而如海学识浅薄，怎么能让他去呢？"不久，这话就传到了如海耳中，他一气之下竟心生报复之心："竟然说我学识

浅薄！不让我去，你们也别想去！"第二天，如海去官府告发道航一行私通"海盗"，官府立即派人逮捕道航、荣睿、普照等人，还没收了船只和粮食。直到李凑出面作证道航一行的清白，官府才把道航等人释放了，并把粮食和船上用品都还给了他们，但是船只却被没收了。鉴真的第一次东渡计划就这样夭折了。

荣睿、普照在牢狱里待了四个月之久，受了许多苦，但这并没有磨灭他们的意志，他们避开官府的注意，再次找到了鉴真。鉴真对他们的遭遇很是同情，也非常感动，当荣睿再次邀请鉴真与他们一起去日本时，鉴真马上答应了。就像13岁那年一样，这次鉴真再次感受到了佛祖的指引，他面对佛像，下决心完成东渡计划，使佛法在日本发扬光大。

鉴真坚定的态度让荣睿和普照非常感激，但是他们深知这次没有李林宗的支持，将面临更大的困难。鉴真看出了他们的担忧，说："不要担心，中国有句古话叫'有志者事竟成'。况且我们有佛祖的保佑，只要我们齐心努力，就一定能解决问题。"鉴真拿出自己的全部积蓄，作为筹备船只和粮食的费用。这次筹备工作进行得很顺利，除了鉴真、荣睿、普照及其他15名僧人外，还雇用了18名船夫以及许多画师、雕刻师等匠人同行。

743年十二月下旬的一个月明之夜，鉴真一行悄悄从扬州出发，船行到浪沟浦时，遇到了风暴，船被撞破了，船舱进了水，只得靠岸，在江边修补船只。一个月后再次出航，船出江口不久，又遇见了风暴，于是鉴真一行在海岛上停留了一个月，等到顺风了才继续航行。可是这次航行似乎是在考验鉴真的勇气和毅力，他们航行了一段时间后又遇上了更大的风浪，船不幸撞到了暗礁上，所幸他们逃到了一个荒岛上，在既无淡水也无粮食的情况下，饥寒交迫地等待了三天，才被渔民发现。渔民为他们带来些淡水和粮食，然后回去报告了官府，在鉴真一行流落到荒岛的第八天，官船才把他们接走，匠人、船夫都被遣送回各自的家乡，僧人被送到明州（今浙江宁波）阿育王寺。

这次艰险的航行不但没能使鉴真放弃东渡，反而更坚定了他的想法。回来后，鉴真被邀请到各地讲佛，他把得到的钱都节省下来，为第三次东渡做准备。仰慕鉴真盛名的僧人不希望鉴真离开中国，他们知道鉴真正在做东渡的准备，纷纷埋怨荣睿、普照，认为是他们引诱了鉴真，就向官府请求逮捕荣睿和普照，普照因躲在一位朋友家中未被找到，荣睿生了重病假托病死，才逃过一劫。第三次东渡的计划刚刚开始就失败了。

历尽艰险不改初心

吸取了前几次的教训，鉴真觉得应该从福州出发去日本。鉴真带着30多名弟子以去天台山巡礼为名翻山越岭前往福建。留在扬州的鉴真徒弟灵祐担心师傅路途中遭遇不测，就和寺院里的其他和尚一起请求官府出面劝鉴真不要东渡。于是，途中

的鉴真再一次被送回扬州龙兴寺。这一次官府责成寺院里的三纲（上座、寺主、维那）监视鉴真的行动。荣睿和普照觉得扬州龙兴寺监管如此森严，如果他们再待在寺中，难免会给鉴真带来麻烦，决定离开扬州。745年，荣睿和普照向鉴真辞行，临走前，鉴真说："以后有机会再来吧，我去日本的决心不变。"

荣睿和普照带着鉴真的祝福和承诺离开扬州来到同安郡（在今安徽潜山），在那里等了三年，觉得时机到了，于748年再次来到扬州拜谒鉴真，一起谋划第五次东渡。

748年六月的一天夜晚，当所有人都进入了梦乡，鉴真和他的弟子来到江边，踏上了第五次东渡日本的冒险之旅。他们由扬州新运河上船，在瓜洲镇进入长江后入海。为了躲避风浪船在三塔山停泊了一个多月；之后，船行驶到舟山群岛附近，又停留一个月，不料又碰上了海上风暴。有时暴风掀起的巨浪犹如一座高山横亘在他们面前，有时波涛又把他们推向深谷之中，变幻莫测的大海随时有可能将他们吞没，僧人们只能默念佛经，祈求佛祖保佑。第二天风浪有所减弱，但船夫迷失了方向，只能在海上漫无目的地漂泊，他们先后漂到了游动着无数海蛇的"蛇海"、下箭雨一般的"飞鱼海"，以及充满危机的"飞鸟海"。最后终于躲开了动物的攻击，可是淡水用完了，粮食也所剩不多，许多人出现了头晕呕吐的状况。在众僧的祈祷和等待中，船漂到了海南岛附近。鉴真一行来到了振州（今海南琼州），振州的官员听说鉴真大和尚来了，热情款待了鉴真一行，并请鉴真主持修缮龙泉寺。待鉴真一行修缮好了龙泉寺之后，他们便开启了北归的旅途。

鉴真和他的弟子走陆路，而荣睿因为身体极度虚弱，经不起陆路的颠簸，所以与普照坐船走海路，他们约定在海南岛东北角崖州会合。在崖州会合后，他们同样受到了崖州官员的隆重欢迎。他们修复好了被火烧毁的开元寺后继续向北，一路上经过十几个郡，人们听闻鉴真的到来都纷纷前来拜谒。虽然历尽艰辛，但鉴真一路上不忘积善行德，修复寺院、建造佛殿、为人施诊，深得僧侣和百姓的尊敬。然而，因为旅途劳顿、疾病缠身，荣睿身体极其虚弱，不幸病逝途中。这对鉴真来说是一个很大的打击，他与荣睿一见如故，在长期的相处中结下了深厚的情谊。由于极度悲伤，再加上沿途辛劳，鉴真患了眼疾；眼疾不断恶化，最终导致失明。鉴真只能暂且返回扬州，鉴真回扬州那天，街道和河岸都站满了人，对高僧的到来表示欢迎。此后，鉴真一如既往地在扬州各寺讲律授戒、布施治病，只是他心中一直不忘东渡之事。

六次东渡终遂愿

752 年，日本派遣第十次遣唐使团来到中国。日本使臣藤原清河向唐玄宗提出希望敕准鉴真和他的五名高徒一起到日本传播佛法的要求，但未得到唐玄宗批准。临走前，藤原清河、阿倍仲麻吕等人到扬州拜访鉴真，询问鉴真是否愿意随使团去

日本，鉴真立即答应。在 752 年十月的一个晚上，趁着夜色昏暗，鉴真师徒多人偷偷离开龙兴寺，在江边与其他人员会合后，乘船前往约定的启航地点，他们准备的物品早已送达了那里。等待他们的是日本使团的四条船，藤原清河邀请鉴真与他同乘一号船，可是航行了几日后，藤原清河担心鉴真的行踪被朝廷发现，有损日本信誉，便将船靠岸停下，让鉴真和他的弟子下船，另找机会去日本。而副大使大半古麻吕偷偷将鉴真师徒请到自己所乘的二号船，鉴真也因此躲过了一劫。一号船后来在海中遇难，只有十余人活了下来。就这样，经过两个多月的航行，鉴真终于踏上了日本的土地。这一年鉴真已 66 岁了。当他略微有些颤抖的双脚踏到日本土地上时，一种难以言语的情感涌上心头，他想起了荣睿："荣睿啊，11 年过去了，我终于到达了日本，我一定竭力传播佛法，使佛祖的荣光在这里发扬光大。"

鉴真的到来震动了日本朝野和佛教界，他被安置在奈良东大寺内，每天都有许多僧侣和官员前来慰问、学习。日本天皇授鉴真及其弟子为"传灯大法师"。鉴真在众弟子的协助下建立起了严格的、规范的僧人受戒制度，促使佛教在日本有序地发展起来，还主持建造了典雅精美的唐招提寺，意为"唐朝人造的私寺"。鉴真还带去了唐朝先进的医学、建筑学、绘画等方面的知识，为日本经济、文化的发展做出了巨大贡献，也在中日交流史上写下了浓墨重彩的一笔。

　　763 年五月初六,鉴真感到自己所剩时间不多,便面朝西方,盘腿而坐,默念佛经,面带笑容地离开了人世,享年 76 岁。

历尽海险 出使高丽
——徐兢航海故事

北宋元祐六年（1091年），鄂州（今武昌）法曹徐闳中家中诞生了一名男婴，取名徐兢。徐兢从小聪慧过人，刚刚几个月时看到字画就欢呼雀跃，仿佛看到了世间最珍贵的宝藏。徐闳心中暗想：这孩子将来必成大器。

因书画出使高丽

徐兢兴趣广泛，很好学，他对历史、地理、佛教、道教、兵家等方面的典籍都有所涉猎。十几岁的时候，徐兢的书法、绘画水平比同龄人高出许多，颇有名家风范。18岁时，徐兢入太学，为科举考试做准备，虽然富有才学，学习一直出类拔萃，但是每逢考试便受挫。又过了五年，在徐兢23岁时，以父荫补将仕郎，被任命为通州（今南通市）司刑曹事尚书郎，从此踏上了仕途。虽是靠父亲的关系做的官，但徐兢是个为官清廉又乐善好施的好官。他在河南雍丘县（今河南杞县）做县令的时候，关心民生，擅于断案，全邑治安出奇的好，在百姓之中享有很高的威望。后来被调到郑州原武县（今河南原阳西南）做县令，人们这样评价他："如果县令都像徐兢那样，天下还有不能治理的吗？"

不仅受到百姓的爱戴，徐兢在书画方面的造诣更是让他声名远播。徐兢既擅长画人物，也擅长画山水，不论画什么都十分逼真。他的书法更是遒丽超群，据说他曾到西楚霸王庙，留了28个字，中书舍人韩驹见到后感叹道："后人几乎不能下笔了。"宋徽宗也十分欣赏徐兢的书法，曾赞叹其字之精妙。这也成为后来徐兢出使高丽的一个重要原因。

宋徽宗继位后，想改善宋朝与高丽之间的关系，从而联合高丽夹攻辽国。宣和四年（1122年），高丽国王王俣去世时，宋徽宗派遣使臣前去吊唁。因为当时要展开"诗赋"外交，要求去高丽的使节必须富有文采和书画才能，宋徽宗经过深思熟虑，命给事中路允迪为正使，中书舍人傅墨卿为副使，徐兢为提辖人船礼物官，乘坐"神舟"出使高丽。"神舟"是宋朝官府监督打造的专供使节出海乘坐的大型客船，而使团的随行人员乘坐的只是"客舟"。此次出使高丽有"客舟"六艘、"神舟"两艘。"客舟"长十余丈，深三丈，船宽两丈五尺，而"神舟"的整体规模是"客舟"的三倍，内部构造科学，装饰精美。

从小博览群书的徐兢对国外的地理、历史非常感兴趣。得知自己要出使高丽，徐兢十分高兴，他以前就在书里读到过一些关于高丽的信息，出使前他专门找来王云的《鸡林志》仔细研读，但是王云并没有画出具体的地图。他下定决心，去高丽要仔细考察当地的风土人情和地理地貌，回来后写一本图文并茂的介绍高丽的书。

险象环生终至高丽

宣和五年（1123年），使团于5月16日离开明州，沿着海岸北上后在浙江省定海县（今镇海县）的沈家门（今舟山普

陀岛沈家门）横渡东海，过海驴礁、蓬莱山（今岱山县北大衢山）后，便只剩下广阔的大海，凶猛的海浪连续不断地击打着船身，船上许多人都受不了，开始呕吐，后又行至半洋礁（今黄龙山之半洋礁），这里有礁石，是行船之人最害怕的，一旦撞上礁石，后果难以想象，所以船员们行船到此都十分谨慎，结果礁石没碰上，却迎来了暴风。中午时，猛烈的南风吹来，船员们赶紧加上了野狐帆，这种帆是为了迎接大浪，使船能够抵抗强大风势而制成的，在大帆上加了小帆，以起到提挈的作用。这才让船平稳下来。到了夜里，只能靠夜观星象辨别方向；没有星星的时候，就用指南针辨别南北。海上的天气总是变幻莫测，很难揣测大海的脾气。这天夜里，南风变成西北风，风势急猛，船上瓷器倒成一片，每个人都害怕极了，徐兢也不例外，不过他更担心的是无法完成自己的使命。黎明时分，海浪慢慢平缓了下来，人们提到嗓子眼的心，才算可以放下了。

29 日，他们到了黄水洋。黄水洋水浅且浑浊，是一个海难频发的海域，徐兢一行航行到此时，大使下令杀鸡烹黍以祭祀那些在此遇难的人。船员们刚刚为平安渡过黄水洋而感到庆幸，又到了弥漫着恐怖气息的黑水洋，这里的海水像墨水一样黑，偶然看上一眼就会被吓得心惊胆战。大海像是发怒了一般，拍打着船身，扬起的海浪如座座高山。到了晚上，海面上闪着亮光像是明火一般，海浪有时把船高高举起，可是一会儿，又会把船推至波谷。望着身后高高扬起的海浪，如一座遮天蔽日的大山，徐兢的胃里瞬间也如海涛般翻涌起来，呕吐不止。大家躺在床上想休息都很困难，因为摇晃的船会让他们不由自主地滚来滚去，碰得浑身疼，有经验的船员教大家把床单子的四角吊起来，中间凹出一个槽来，这样便可以躺在里面睡觉了。

6月2日，船行至夹界山（今小黑山岛），夜晚又遇到暴风骤雨。4日是一个晴朗的好日子，海上风平浪静，徐兢终于有心情欣赏周围美丽的风景了。抬头是碧空如洗的蓝天，低头则会看见像镜子一般碧蓝的海水，还有鱼儿在水中游动，一副怡然自得的样子。下午，使团来到菩萨苦，高丽人说因为这里常有菩萨显现，所以被称为"菩萨苦"。5日又是一个晴朗的好天气，使团来到苦苦苦（今扶安西南猬岛），这个岛上也有人居住，高丽人告诉使团，他们把刺猬的毛叫作"苦苦苦"，这个岛山林茂盛却不高大，就像刺猬的毛一样，所以称之为"苦苦苦"。船队在这里抛锚停泊，高丽人摇船送来水，正使下令以米回谢。傍晚时分，突然刮起了猛烈的东风，船队不得不在这里留宿一晚。

第二天，早上趁着涨潮出海，上午到了群山岛（今韩国群山群岛），这个岛上的山由12座山峰相连，环绕如城。正当徐兢为眼前这一景象感到新奇时，有六艘高丽船前来迎接，船上载着武将、士兵，击铜铙，吹号角，另有一艘小船上载着一个穿着绿袍的官吏，他手拿朝板拱手行礼，还没通报姓名就退下了，据说他是群山岛的主事，后来翻译官阁门通事

舍人沈起与同接伴金富轼一起前来迎接。官员吴俊和派来使者呈上远迎状，正使和副使收下了。正使和副使只作了揖，没有行跪拜礼，而后派掌仪官前去接应并呈上答书。在岸边有 100 多个人手拿旗列队欢迎。正使和副使将给高丽国王的书函交给同接伴后，同接伴派彩色的船接正使和副使到群山亭见面。这个亭子坐落在海边，站在亭子里向四周望去，风景十分壮丽，两座山峰高耸地立在亭子后面，陡立的绝壁高达数百丈。下午，正使和副使坐着松舫到达海岸，率领随从人员进入官宅。同接伴和吴俊在院子里，准备好摆放香炉的桌子后行跪拜礼，然后向着宋皇帝所在皇宫的方向再行跪拜礼，并谦逊地询问皇帝的安宁。官员们依照官职依次行礼后，举行了酒宴，整个过程庄严有序，食物也非常丰盛，可见，高丽官员对宋朝使臣的到来不敢有半点怠慢。第二天，船队带着全州官员赠的蔬菜、水果等特产继续向北航行。

离开群山岛后，船队又北过横屿（今古群山群岛北）、洪州山（今安眠岛）、富用山（今元山岛）、紫燕岛（今仁川西之永宗岛）等地，于 13 日到达王城，高丽国王亲率文武百官前来迎接。徐兢随团在高丽首都松都（今朝鲜开城）进行了为期一个月的访问和参观。徐兢充分利用这一段时间，广泛收集资料，考察高丽的地理地貌、社会制度和风土人情。一个月后，使团循原路返回，回程的路途仍旧艰险万分，尤其是在航行至黄水洋时，三个舵都折断了，险些沉船，船上的人都虔诚祈祷，恳求神灵保佑。后来有个船员回忆说，是妈祖显圣护航，才让船得以继续航行。经过五个昼夜的漂泊，船队终于到达明州。登岸的时候，船上的人一个个面如土色，为自己可以平安回家乡感到无比庆幸。

图文并茂解说高丽

虽然往返航路充满了艰难险阻，但徐兢从来没忘记下一路上的经历，他认为自己能平安地回来全是祖宗和社稷的保佑，这次海上航行也加深了他对祖国的热爱。回国后，徐兢写下自己的所见所闻，为了使记录更加翔实清晰，他还为文字配上自己画的解说图，写成《宣和奉使高丽图经》一书。《宣和奉使高丽图经》完成以后，有正、副两本，正本上交御府，副本则藏于家中。宋徽宗看到此书后大为赞赏，赐徐兢同进士出身，迁尚书、刑部员外郎，这也是他一生之中的最高官职。后来，徐兢因亲戚连累，被贬至京外做官，不幸又逢父亲去世，服丧后，他在台州（今浙江临海）崇道观任宫观，这是一个领取俸禄的闲职。此后，徐兢一直过着恬静清闲的生活，他自取别号为自信居士。绍兴二十三年（1153 年），徐兢病卒，终年 63 岁。

《宣和奉使高丽图经》内容丰富，附有插图，全书共 40 卷，分成 28 个门类，详细记载了高丽建国、世次、城邑、门阙、宫殿、冠服、人物、仪物、仗卫、兵器、旗帜、车马、官府、祠宇、道释、民庶、妇人、皂隶、杂俗、节仗、受诏、燕礼、馆舍、

供帐、器皿、舟楫、海道、同文。其中，许多是徐兢自己采访和考察的第一手资料，是研究高丽历史地理、中朝海上交通、中朝经济文化交流史、宋朝航海发展的珍贵文献，同时也是中朝友谊的见证。

东方的马可·波罗
——海上旅行家汪大渊

南昌位于长江干流赣江的下游，北邻鄱阳湖，地理位置优越。从汉代开始，南昌就是贯通南北的水上交通枢纽和物资集散地，此外它还是著名的鱼米之乡。发达的交通和丰厚的物产使得南昌成为一个开放、包容的城市。正是这样的南昌，孕育了中国元代著名的旅行家——汪大渊。

遥远世界的召唤

汪大渊，1311 年出生于南昌一户富商家庭，父亲对他寄予了厚望，为他取字"焕章"，希望他将来能成就一番大事业。汪大渊自幼聪明好学，饱读诗书，尤其喜欢阅读描写各地风土人情、奇闻趣事的著作，柳宗元的《招海贾文》、周去非的《岭外代答》、赵汝适的《诸蕃志》以及《博物志》《神异录》等，都是他经常翻阅的书籍。汪大渊还非常崇拜司马迁，司马迁早年游遍中国的大江南北，少年汪大渊也常常幻想自己有一天能像司马迁一样足迹遍布中国各地，甚至还要走得更远。

年少时，汪大渊得空便往码头跑，蔚蓝的大海、水手们的吆喝声、远方神秘的传说，这一切都诱惑着汪大渊，不久，他再也按捺不住，踏上了去往泉州的路途。

在宋元时期，泉州可是全球著名的贸易巨港。元朝政府鼓励海外贸易，吸引着许多外国人前来一睹大国盛况，意大利商人、伟大的旅行家马可·波罗受教皇派遣出使元朝，他返回时就是从泉州起航的。汪大渊一来到泉州就被眼前一艘巨大无比的商船震惊了，他从来没有见过如此大的船。在港口来回走动的还有皮肤黝黑、脸盘宽扁的东南亚人和皮肤白皙、鼻梁立挺的西方人。接下来的几天，汪大渊在泉州城内四处游逛，他被这座繁华都市深深地吸引住了，精致宏伟的楼宇、异域风情的教堂、琳琅满目的奇珍异宝、流传在街头巷口的海上奇闻，这一切让汪大渊下定决心，一定要出海看看更广大的世界。

终于，在家人的支持下，弱冠之年的汪大渊置办了一些货物跟着一个商船队从泉州出发了。主船是一艘在泉州建造的大型帆船，装载有瓷器、丝绸等货物，同船的还有纲首、掌管罗盘的舟师等 100 多人，船队还有多艘小帆船装载货物、食物和淡水，这些小帆船上有的则没有舟师。船上的船员或商人，他们都是为了赚钱才出海的，而汪大渊则是纯粹出于对未知世界的兴趣，贸易对他来说只是一个为他航海提供资金和便利的途径。所以每到一个地方，当船上商人和当地人进行贸易时，汪大渊则四处走动，考察当地的民风民俗和地形地貌，回来后，他会把自己的所见所闻记在日记里。

丰富多彩的异国风情

1330 年的春天，汪大渊一行经过台湾海峡来到彭湖列岛（今澎湖列岛），彭湖列岛共有 36 个岛，船上商人纷纷下船做生意，而汪大渊趁此机会把 36 个岛都跑了一遍。岛上许多人讲闽南话，所以汪大渊和他们沟通没有困难，他发现这里的人大都长

着长寿眉，男女都穿土布做的衣服，民风十分淳朴。当地虽然气候温暖，但是土地贫瘠，居民主要以海中动物为食材，把海水煮干了得到盐，后来汪大渊发现，沿海的其他地方大都也是以此种方式产盐的。在这里逗留了两三周后，船队来到琉球岛（今中国台湾岛），汪大渊在那里也学着做了一些生意。

到了夏季，趁着西南风，船队终于要到海外诸国进行贸易了。他们先来到三岛（今菲律宾吕宋岛附近），岛上山峦起伏，居民居住在沿海陆地，这里土地贫瘠，男子都在头顶束发，女子则将头发结成锥形的髻，因为气候炎热，人们只穿单衣。令汪大渊感到高兴的是，这里的人对中国非常崇拜，男子若是有钱且有勇气，便会乘商船到中国泉州做生意，还会请文身师傅给自己文身，作为他来过中国的标记，这样等他回来，就会取得国内人的尊敬了，人们会以尊长的礼仪接待他，请他坐上座，就连他的父亲都不能与他相争。顺着三岛南下，船队经停了一些岛屿，这里大多数的商人都很守信用，从不赖账，所以贸易进行得相当顺利。

在一个风和日丽的下午，汪大渊一行登上了龙涎屿（苏门答腊岛西北海上的布腊斯岛）。这座岛上地形较为平坦，但是却十分荒凉，岛上无人居住。每到天气晴朗的日子，会有成群的抹香鲸游到岸边，把病胃里的液体吐到岸上，这种液体黑乎乎的，闻起来有一种腥味，被称为龙涎，于是这座岛便被称为龙涎岛。虽然龙涎不怎么好闻，但是和其他香料放在一起时会把香料的香味引发出来，所以龙涎可以拿来卖钱，有时会有人专门乘船到此取走龙涎，再卖给路过此地的商船，也能赚上一笔。

几个月后，船队来到交趾（今越南北部地区），这里的人穿着很像中国唐朝人的服饰，风俗等也与中国有许多相似之处，不过语言有所差异，民间的孩子大多 8 岁上小学，15 岁上大学，读诗、做文章，修养品性。汪大渊来到这里感到非常亲切，同时他也看到中国文化强大的影响力，他的自豪感油然而生。船队继续向南行驶，天气变得越来越热，来到占城（今越南的中南部），当汪大渊下船时，感觉像站在火球上一般。船队走访了越南的几处沿海城市后，来到了真腊（今柬埔寨及越南南部地区）。真腊有五座城门，城墙周围 70 余里，绕城河有 20 来丈宽。有个名叫"白塔洲"的地方有 100 座塔，其中有五座是用黄金做的顶，还有一座包金的石桥，长 40 余丈。在这里，人们饮食用的碗碟也是金子做的。汪大渊早就听人说真腊是个富裕的地方，这次造访发现它果然名不虚传。

由于海上气候和天气的原因，有时也出于商业目的，船队常会在一个地区迂回航行。船队在北上一段时间后，又继续南下，来到遏来勿（今苏拉威西岛），在这里，汪大渊和船上商人们用青瓷、粗碗、海南布、木梳等商品换来了当地的苏木、玳瑁、木棉花、槟榔。这时的汪大渊已经熟悉了应该怎样和外国人做生意，不过贸易获得的收益始终及不上一个本土故事带

给他的快乐。

独特的风土人情

一天，船队来到东冲古剌（今泰国宋卡），这里民风彪悍，男女都留着短发，还用红色的手帕缠头，穿黄棉布短衫。这里有如果有人去世了，死者的亲人不会把他焚化，而是把死者抛入大海中，以期子孙后代受其庇护，当地人称这种习俗为"种植法"。

一年的航行让汪大渊觉得世界之大无奇不有，很多时候想象不到下一个到达的地方会是什么样子的，他认为这便是航海的最大魅力。

一天，船队来到淡邈（今缅甸东南岸的土瓦），汪大渊刚到此处就被一座形状奇怪的山吸引住了，它像铁笔一样，但如果换个角度看，又像是一条蜿蜒向前的长蛇。这里的居民傍山而居，过着悠闲富足的生活，他们种植适合的谷物，每年都有很好的收成。最为神奇的是，这里的居民每个人都熟识草药，会治病。如果孩子生病了，父母则直接采些草药来医治，效果非常好。

船队来到印度尼西亚一带，这里的人无论男女大多梳着锥形的发髻，服饰略有差别。在三佛齐（今印度尼西亚苏门答腊岛的占碑一带），人口密集，土地肥沃。官兵强悍威武，擅长陆战，也擅长水战，所以没有其他国家敢来侵犯。这里还流传着一个传说，也彰显出了这里的人是多么勇猛。相传，很久以前，三佛齐王国的一个石洞里面奔出数万头牛，这些牛疯狂地四处奔跑，将庄稼踩得一片混乱，英勇的士兵见状，只用了几天的时间就把这些牛都杀了，并把牛肉分到各家各户，然后用竹子和木头塞住那个大洞，从此人们过上了安宁的生活。汪大渊被这个故事震惊了，当天晚上就赶快记了下来。他在苏门答腊岛听到了许多有趣、神奇的故事。在旧港（今印度尼西亚苏门答腊岛的巨港），传说这里的土地肥沃且具有神力，种下的谷子三年后就会变成金子。西方国家的人听说以后纷纷来这里取走一些土带回去，想要得到金子，但是他们从来没有成功过。汪大渊觉得这真是一件怪事。在勃泥（今文莱一带），汪大渊惊喜地发现这里的居民崇敬佛像，尊重华人。有中国人喝醉了，当地居民就把他搀扶到自己的家里，悉心照料。汪大渊在考察的时候受到了热情的接待，这让他非常感动。

前途未卜的海路

海上生活虽然新鲜有趣，但是也有潜藏的危机。船队过昆仑洋（今越南的崑仑岛及附近海域）时遇到了大风浪，当时船队离岸较远，主船上的舟师下令船队向北行驶，但是此时的船队早已被冲散，有两艘小船上的纲首没有接到命令。此时，乘坐主船的汪大渊在剧烈摇晃的船舱里早已吐得不省人事，当风浪小些的时候，他才慢慢恢复了一点神智，当听说有两艘小船

不见了踪影时，他非常担心，在心里默默祈祷船上的人能平安无事，尽快归队。就这样，船队又在暴怒的大海里艰难地航行了许久，风浪才平息了下来。舟师再次确定行驶的方向，经过一天的奋力航行，他们终于上了岸，但还是有一艘小船失踪了。汪大渊休息了几天，待身体稍有恢复，他又马上上岸考察。他发现这里的人很奇怪，他们仅靠果子和鱼虾充饥，晚上则睡在树上。

船队过灵山（今越南东端的华列拉岬），又在东南亚一些地区进行贸易后，终于来到了佛国圣地——僧家刺（今斯里兰卡），虽然汪大渊不是僧人，但他读到过一些佛教故事得知这里藏有佛祖的舍利，所以很想瞻仰一下。在僧家刺一座高山上有一座宏伟的佛殿，这里藏着释迦牟尼的肉身舍利。听当地人说，海边有一块长得像莲花台的石头，上面印着释迦牟尼的脚印，涨潮的时候，海水漫过脚印，海水就会变甜，生病的人喝了甘甜的海水就会痊愈，老人喝了则能延年益寿。这里的人都信仰佛教，每天供奉佛祖，所以他们也得到了佛祖的庇护。一日，汪大渊一行来到了土塔（今印度东南岸纳加帕塔姆地区），一进城门就看见一座高数丈的中国式土砖塔，他感到好奇，这个地方怎么会有中国塔呢？于是他赶快往塔的方向跑去，他在塔的外墙看见一行字——"咸淳三年八月毕工"，船员们纷纷猜测，这一定是哪个遇到海难漂流到这里的中国人，又找不到回家的机会，就建了一座中国塔以解思乡之苦。

船队来到了麻那里（今澳大利亚达尔文港），这对于汪大渊来说是个完全陌生的地方，这里的男女都扎着辫子，手臂上戴着金手镯，他们穿着五色绢布做成的衣衫，下身穿着朋加剌布做成的裙子。这个地方有九尺高的骆驼，当地人用它们驮东西。还有身长六尺的仙鹤，竟然以石头为食物，要是有人拍手，仙鹤就展翅飞舞，好像在跳舞一般，十分优美。汪大渊第二次航海时，来到澳大利亚的一个叫罗娑斯的地方。汪大渊惊讶于眼前的一切，这里的人过着茹毛饮血的生活，他们不穿衣服，用鸟的羽毛遮住身体，不会生火煮食，怪不得船员们说这里是世界的最末端，被称为"绝岛"。

当船队来到加将门里（今东非坦桑尼亚达累斯萨拉姆地区）的时候，展现在他们眼前的是另一番景象：这里树木高大茂密，气候非常炎热，土地肥沃，一年可收获三次；这里的男女都挽着发髻，穿长衫，信仰多种宗教。此地盛行人口买卖，在人口买卖的交易市场上，有许多儿童被当作商品出售，人们根据儿童的身高和年龄定价钱。离开非洲，船队到了波斯离（今伊拉克巴士拉一带），这里气候比较寒冷，适合种麦子，男女身材修长，把头发编成辫子，穿褐色的驼毛衣衫，喜欢吃羊肉。

非凡的海上岁月

在元至顺年间的冬天，汪大渊一行又来到了大佛山（今斯里兰卡卡卢塔拉）附近，船队卸帆停泊于山下，在此过夜。夜晚，

海浪轻拍着海岸，海水清澈见底，汪大渊久久难以入睡，就下船去闲逛，他看到有东西在水里婆娑起舞，很是好看，于是就问一个船上的人："这是孔雀石还是珊瑚珠？"那人说："都不是。"汪大渊又问："那这是月中的娑罗树吗？"那人还是摇摇头，汪大渊叫一个小孩下海里去取，取上来的这种生物在水里的时候非常柔软，可是一离开海水就变得僵硬了。汪大渊拿在手上仔细观察，它的枝干奇怪地盘结在一起，每一个枝丫上都有一朵长着一个花蕊的花，颜色鲜红，全开的花像是牡丹，半开的则像荷花。船上的人都被吸引了过来，有人说："这是千年难遇的琼树开花，在中国也很少见。"汪大渊非常兴奋，第二天还为此写了一首诗。一路上，汪大渊都小心翼翼地保管着，把它带回国后，江西文人虞集先生看到这美丽的海中生物，也当即赋诗一首，传为佳话。

1334 年，经过四年的航行之后，汪大渊一行终于登上了故乡的土地。回家后，他经常和朋友、家人谈起自己的出海经历，他常常怀念那段在海上漂泊的非凡岁月。在家里休整了一段时间后，1337 年冬天，汪大渊再一次在泉州登上了远航的商船。这一次他已经是个十分有经验的海上旅行者了，他仍旧沿途记录下自己的经历，不过这次他记录的大多是之前没有经历过的新地方和新事物。

1339 年，汪大渊结束了自己的第二次航海。1349 年的一天，汪大渊来到泉州时，意外接到了地方官员偰玉立的邀请。偰玉立是蒙古族人，在泉州做官，他听水手们说起汪大渊的航海事迹，想请汪大渊写一部介绍海外各国风土人情的地理志附在泉州志书后面，于是便邀请他到客栈一见。简单寒暄过几句后，偰玉立便向汪大渊表明了自己来此的目的。喜欢与人分享自己的航海经历的汪大渊，立刻愉快地答应了。他回到家，开始整理自己的航海日记，最后成书附在《清源续志》后，名为《岛夷志》。回到南昌后，汪大渊将附录部分单独刊行，改名为《岛夷志略》。

全书分为100条，其中99条为汪大渊的亲身经历，涉及亚洲、非洲、大洋洲的国家和地区达220余个，详细记载了各地的地理地貌、气候土壤、风土人情、农耕作物、贸易情况等，对了解元朝时期的海上交通、诸国历史及地理有重要的参考价值。汪大渊怀着严谨的态度，写下自己的所见所闻，绝不虚构、杜撰。几十年后，随郑和下西洋的翻译官马欢出行前认真研读了《岛夷志略》，起初他对书中的一些奇闻还不太相信，但后来他的亲身经历证明，汪大渊所写完全属实。

汪大渊第一次航海经海南岛，过东南亚，游印度、波斯、阿拉伯、埃及，远达摩洛哥，又出红海，经东非索马里、莫桑比克，渡印度洋，至斯里兰卡，再从爪哇，经澳大利亚到加里曼丹、菲律宾回国。第二次航海经南洋群岛，游历阿拉伯海、波斯湾、红海、地中海、非洲莫桑比克海峡及澳大利亚各地。海上旅行家汪大渊被誉为"东方的马可·波罗"。

不朽的海上荣光

——郑和七下西洋

1381 年，明朝开国皇帝朱元璋在云南招降元朝余党梁王失败后，命颍川侯傅友德率 30 万大军远征云南。在残酷的战争中，许多当地的儿童被迫加入明军服役，其中有一个不谙世事的 12 岁少年——郑和。郑和本姓马，小名三保，又作三宝，后人常称他为"三保太监"或"三宝太监"。

少年郑和的传奇经历

郑和出生于当地有名的回族世家，他的父亲和祖父都去过麦加朝圣，他的祖父还被封为滇阳侯，深受当地人尊敬。郑和就是在这样殷实的家庭中渐渐长大，从小读书识字，聪明伶俐。他常常听父亲说起去麦加朝圣的经历，他也幻想有一天，自己也能前去那个遥远的国度，看看不一样的世界。可是，战争彻底改变了郑和的生活，在明军征战云南的同一年，父亲去世了，郑和被明军俘走充当劳役。过了三年，郑和在南京受了"阉割"之刑，在宫廷中做侍从，这让年少的郑和陷入了巨大的痛苦和对未来的恐惧之中。

后来，郑和被送到燕王府中，担任内侍。燕王朱棣是朱元璋的第四个儿子，同朱元璋一样也拥有雄心壮志和雄才大略。天资聪颖、聪明好学的郑和逐渐脱颖而出，成为燕王的亲随。郑和也因此有了许多学习的机会，他在燕王府中博览群书，学习燕王的处事之道和政治、军事方面的谋略，慢慢地成为一个足智多谋、学识渊博的人。朱元璋去世后，他的孙子朱允炆继位，即建文帝。迫于建文帝的削藩攻势，朱棣不甘心只做一个藩王，他认为自己比朱允炆更有能力统治整个国家，于是发起了"靖难之役"。建文元年（1339年）十一月，在郑村坝战役中，郑和立下了汗马功劳获得了朱棣的赏识。经过四年的战争，朱棣率军攻占南京，推翻了建文帝的政权，定年号为"永乐"，成为明朝的第三个皇帝。在这四年当中，郑和紧随朱棣左右，屡建奇功。永乐二年（1404年），为了表彰郑和在靖难之役中立下的汗马功劳，赐予他"郑"姓，并提升他为内官监太监。

委以航海重任

明成祖朱棣即位后，立即显示出了自己的雄心壮志，他自认为是"奉天命天君主天下"的"供主"，想要建立一个天朝大国，让海外诸国前来朝贡；另一方面，朱棣想促进海外贸易的繁荣与发展。他决定派出一支强大的船队出使海外诸国一显大国威仪，并与各国建立良好的商贸关系。可是，谁能肩负起这一重大的使命呢？明成祖脑海中出现的第一个人便是郑和，郑和立下显赫战功早已证明了他的胆略和智慧。明成祖把自己的想法告诉了精于相人之术的袁忠彻，袁忠彻告诉他："不论是相貌还是才智，在内侍之中没人能比得过郑和，臣仔细观察过他的相貌，他绝对是可以委以重任的。"这更坚定了明成祖将下西洋的重任交付给郑和的决心。明成祖任命郑和为正使太监、总兵官，作为下西洋的最高统领，同时任命太监王景弘等

人协助郑和分管航海工作。

按照计划，第一次下西洋，除了郑和、王景弘等官员，医官、阴阳官、火长、舵工、水手等技术人员外，船上还有户部郎中、办事等管理人员和总兵官、都指挥等军事人员，可以说船队浓缩了一个小型社会。这么庞大的一支队伍，要动用大约200艘船。为打造下西洋的宝船，明政府专门在南京建立龙江船厂，出海前很长一段时间，郑和日夜守在龙江船厂，一边学习研究航海知识，一边监督造船工作，为每一个细节严格把关。经过一年的努力，整支船队由62艘大、中号宝船组成主体、加上其他类型的船共208艘船组成的船队打造完成。其中最大的船长44丈，宽18丈。船队中有专门运送粮食的粮船，提供水的水船、运载马匹的马船，还有为船队提供安全保障的战船。造船的同时，郑和还在浙江、江苏、福建等地招募水手，并专门聘请了具有远航经验的穆斯林船员。永乐三年（1405年），郑和率领船队在人们的欢呼声中，从江苏太仓刘家港出发了，浩浩荡荡的船队准备谱写一个新的历史篇章。

古代航船要倚风而行，冬季乘东北季风南下，夏季乘西南季风北回。郑和船队向南航行600海里，来到福建长乐太平港等待东北季风的到来。当旗帜在风中呼啸着要脱离旗杆时，郑和知道启航的时刻到了，他带领船员祭拜过天妃后，便登上宝船，张开巨大的风帆，向着无垠的大海驶去。

云帆高张下西洋

　　船队排着复杂的队形，整齐有序地在海上航行，用旗帜、灯笼、锣鼓等工具作为船队的联络信号。船队通过台湾海峡驶向南海。台湾海峡是个多风暴的地段，在这里船队遇到了出海的第一次危机。刚刚还晴朗的天空突然黯淡了下来，狂风卷起海浪猛烈地拍打着船，一时间，紧张的气氛笼罩着整个船队，郑和临危不乱，他冷静地指挥着船队对抗风暴，在船员高效的配合下，船队终于顺利地驶过了风暴带。经过这次考验，船员们看到了郑和的航海指挥才能，因此更加信任他，也对这次航海旅程充满了信心。

　　如果顺风的话，船队从琼州出发，航行一个昼夜就能到达占城。国王得知明朝派出宝船前来访问，赶忙骑着大象率大臣和百姓到城外迎接，并举行了隆重的欢迎仪式。郑和宣读并提交了明成祖的诏书，传达了促进睦邻邦交的愿望，并向占城国王赠送了丝绸、瓷器、钱币等，占城国王非常高兴，决定与中国世代修好。占城盛产犀牛、大象和珍奇异木，乌木、将相木等名贵木材在这里竟然当柴火烧，郑和一行在此进行数日的贸易后，离开占城到了爪哇国（今印度尼西亚爪哇岛）。爪哇国在当时是一个比较强大的国家，分东、西两部，由东王和西王分别管辖，东王和西王的关系非常紧张，冲突和战争不断。郑和船队经过东王属地时，登岸进行贸易，突然遭到了西王部队的袭击，明朝官兵170多人被杀害。郑和听到这个消息后非常

气愤，但出于大局考虑，并没有立刻反击，他命人尽快将此事报告朝廷，同时加强军事防备，在必要的时候进行讨伐。西王得知郑和准备向他兴师问罪，十分害怕，立刻遣使臣向明朝认罪。明成祖见西王态度诚恳，就让西王赔偿黄金六万两，并没有动用武力。明成祖的这一举动为和平解决国家之间的矛盾和冲突做了表率。

这次郑和下西洋有一个非常重要的任务，代表朝廷册封拜里米苏剌为满剌加（今马六甲）国王，同时授以诰印。满剌加因地小势力弱而一直受到暹罗的欺凌，为了改变满剌加被欺压的状况，明成祖诏封拜里米苏剌为满剌加国王，令其国与暹罗国处于同等地位，受明朝的保护。郑和一行受到了热烈的欢迎，为了向更远的地方航行，郑和在满剌加建立了中途候风的中转基地，设置"官厂"，宝船所需要的物资都储存在内，起到一个后勤补给的作用。如果郑和想要到达南亚以西更远的地方，必须在中途等待第二次季风的来临，才能继续航行，在满剌加建立航海基地对郑和以后的航行有着重要的意义。在补给过粮食和淡水后，郑和留下小部分官兵在此建立航海基地，自己率船队继续向苏门答腊（今印度尼西亚苏门答腊岛部分）进发。

过南渤里国后，郑和一行来到锡兰山国（今斯里兰卡）。这里的气候非常炎热，风俗淳朴，国家富裕，这里也是佛教圣地，传说释迦牟尼就涅槃于该国的佛堂山。虽然民众都信仰着佛教，但是锡兰山国国王亚烈苦奈儿却是个暴君，他不信佛教，对国内百姓极其残酷，还不断侵扰邻国。郑和到达锡兰山国后，想劝亚烈苦奈儿改邪归正，可是亚烈苦奈儿不但不听劝告，反而勃然大怒，甚至想加害郑和，郑和见状，只得匆匆离开，待回国后将此事报告于明成祖。

在访问小葛兰国（今印度奎隆）、柯枝国（今印度西海岸的科钦）等国后，郑和一行来到了此次出行的最后一个国家——古里（今印度科泽科德一带），古里是中世纪著名的东方贸易中心，号称"西洋诸番之会"，这里的人民安居乐业，过着富裕的生活。在永乐元年（1403年），朱棣即命中官尹庆奉诏抚谕古里，赠送彩币等礼品，古里国酋长沙米的随即派遣使臣随尹庆到中国访问，并进献本国特产，明成祖非常高兴，封沙米的为古里国王，并赐印绥及文绮等物。郑和来到古里很重要的一个任务就是向古里国王宣读明成祖颁发的敕书，并赐其诰命银印，对古里各位大臣也赠送了丰厚的礼品。郑和向古里国王提出想在古里建设一个航海贸易基地作为船队等待季风转航的始发基地和集结港，国王欣然同意了郑和的要求，并提供了许多帮助。

回航途中智降海盗

在回航的途中，郑和船队航行到三佛齐国的旧港（今印度尼西亚苏门答腊岛的巨港）遇到了当时臭名昭彰的海盗陈祖义。在元明之际，一些贫困的农民到南洋谋生，其中少数人加入了

海盗，陈祖义便是其中的一员。洪武年间，犯了事的陈祖义带着全家逃到了三佛齐，后来他加入海盗，处事精明的陈祖义很快成为海盗头目，横霸一方。陈祖义听说郑和船队带有大量的金银财宝，便起了贪念，但是他被郑和庞大的船队震慑住了，不敢贸然行事，于是决定等夜深人静船员们都休息的时候，偷偷袭击船队。幸运的是，郑和早就得到了密报。于是，郑和命令船队夜晚照常熄灯，在黑暗中保持戒备状态，将船排列成口袋状，待海盗船队驶进对其进行夹击，来个"瓮中捉鳖"。陈祖义以为船队放松了戒备进入休息状态，就悄悄地靠近，突然，他们的船队受到了郑和船队的猛烈攻击，一时间海上硝烟四起，宁静的夜晚被兵器的撞击声和士兵的喊杀声打破。官兵们跳上海盗的船英勇杀敌，没过多久，这场海战就分出了胜负，陈祖义的 17 艘贼船，有十艘被烧毁，其余七艘被俘获，郑和官兵共歼灭 5000 余名海盗，还生擒了陈祖义等海盗首领，将其带回南京。明成祖十分痛恨这些海盗的恶劣行径，便将其斩首示众，后来东南亚一带便少有海盗出没。

再下西洋树立大国威望

永乐五年（1407 年），郑和奉命第二次下西洋，这一次的航行线路与第一次大致相同。永乐七年（1409 年）六月，郑和船队满载海外奇珍异宝回到国内，明成祖对郑和完成使命非常满意，并让郑和抓紧时间为第三次下西洋做准备。同年九月，明成祖正式下诏，命郑和出使古里、满剌加、苏门答腊、阿鲁、加异勒、爪哇、暹罗、占城、柯枝、阿拔把丹、小葛兰、南渤里、甘巴里等国。明成祖如此着急地命郑和出海，一个很重要的原因是解决锡兰山国王亚烈苦奈儿称霸海上的问题。亚烈苦奈儿仗着本国军事实力强，经常欺压周围的小国，屡屡劫持邻国与其他国家往来的使臣，引起了很多国家的不满，但这些国家实力上又无法与之抗衡，于是求助于明朝政府。前两次郑和在锡兰山国受到的待遇已让他感受到劝说亚烈苦奈儿简直比登天还难，但是他一直奉行明成祖制定的友好的外交政策，尽量不引起战争。当郑和第三次到锡兰山国时，他先以佛教徒的身份到佛堂山参拜，并布施给佛寺大量金钱和宝器等，又建造了一座石碑作为纪念。接着郑和准备拜访亚烈苦奈儿，再次对其进行劝说，出乎意料的是亚烈苦奈儿竟然派出使者主动修好，表示愿意接受明朝的册封。虽然郑和有些怀疑，但听到这个消息还是决定相信亚烈苦奈儿，以诚相待与锡兰山国建立友好关系。可是当郑和拜访国王时，亚烈苦奈儿却避而不见，他派出他的儿子向郑和索要金银财宝，郑和断然拒绝了这一要求。于是，亚烈苦奈儿撕下了他那虚伪的面具，竟然要劫夺宝船。郑和经过深思熟虑，决定来个出其不意，他率领 2000 名官兵趁深夜潜入王城，将还在睡梦中的亚烈苦奈儿及王室成员一并俘获，押回中国。明成祖让锡兰山国大臣们推荐，另立新王，然后将亚烈苦奈儿和他的妻儿遣送回国。经过此事，明朝政府在南亚、

西南亚树立了很高的威望。

郑和船队初探东非、西亚

永乐十一年（1413 年），郑和再次扬帆出海，这一次不仅要像前三次一样访问东南亚、南亚等地，还打算访问西亚、非洲各国。按照计划，郑和和王景弘共同率领船队去非洲访问，而各位副使分别率领船队去忽鲁谟斯（今伊朗）、祖法儿（今阿曼苏丹国佐法尔一带）等国家访问。郑和在小葛兰国做前往非洲的最后准备，船队在此稍做休息，补给了一些食物和淡水后，开启了一次崭新的旅程。在访问达溜山国（今马尔代夫）之后，郑和船队离非洲越来越近了，可就在这时，一突如其来的大风暴阻拦了船队的航行。此时的郑和对海上风暴已有了许多经验，他冷静地指挥着各船掌稳船舵对抗风暴，船员们在妈祖像前点上香烛虔诚祈祷。经过大家的相互配合和努力，船队驶过了危险地带，又经过 20 个昼夜的航行，终于到达了非洲东岸的木骨都束国（今属索马里共和国），郑和船队的到来引起了很大的轰动，非洲居民从未见过如此庞大的船队。木骨都束国国王也非常重视，他派大臣将郑和迎入王宫，并给予了最高的礼遇。访问过木骨都束国后，郑和船队又访问了卜剌哇（今索马里东南岸布拉瓦）、竹步（今索马里南部朱巴河口的准博）、麻林（今肯尼亚东岸的马林迪一带）等国，用丝绸、瓷器等换取了大量的龙涎香、没药、乳香、象牙等当地特产，还有像斑马、狮子等奇珍异兽。这次出航，麻林国使者还随郑和船队来到中国，进献了"麒麟"，其实就是长颈鹿。

辉煌航海事业的落幕

永乐十四年（1416年）冬，郑和奉命准备第五次出航。这一年，国内发生了一件大事——明成祖迁都北京。郑和在第二年秋冬之际从长乐港起航，这次下西洋他首先要把麻林、卜剌哇、木骨都束等国的使臣送回国，此外还要代表明朝赐可亦里诰印，正式封他为柯枝国王，并封其国中之山为镇国山。1419年，郑和第五次下西洋归来，仍有许多国家的使节随船队来到中国，进献奇珍异兽、风物特产，恰给金碧辉煌、雄伟壮观的紫禁城锦上添花，这也正是明成祖所希望的。永乐十九年（1421年），已经50多岁的郑和开始了自己第六次下西洋的旅程，此时的明朝早已在海外诸国中建立了大国的名声，郑和船队每到一处都受到热情的接待，一路上收获颇丰。永乐二十二年（1424年），明成祖驾崩，其子朱高炽即位。朱高炽并不像他的父亲那样拥有开阔的胸襟和世界性的眼光，他下令停止宝船出海，中国的航海事业从此由盛转衰。郑和结束第六次下西洋后一直在南京做官，直到明宣宗朱瞻基萌生了让船队再次出海的念头。

宣德六年（1431年），已经年逾花甲的郑和奉命开始了自己的第七次下西洋，这次下西洋的规模要远远小于前六次。郑和似乎已经意识到这将是自己最后一次出海，船队在太仓逗留

期间，郑和授意修建了天妃宫，还立了一块碑，上面刻录了郑和六次出航的经过和主要事迹，以此纪念他心中那段非凡岁月。在船队回航途中，郑和病死在船上，船员们依伊斯兰教风俗将郑和就地安葬，回国后又将其衣冠葬于南京牛首山下。

当时的明朝政府虽然拥有强大的军事实力和世界先进的造船技术，但并没有像一些西方国家那样进行殖民掠夺。郑和在七次下西洋的过程中，始终秉承永乐皇帝制定的"不可欺寡，不可凌弱，庶几共享太平之福"的友好交往政策，把中国先进的技术和思想文化带去海外诸国，为中国与亚洲、非洲各国人民的友好交往写下了壮丽的诗篇，开创了一个前所未有的文明时代。

遥望南洋路

——中国人下南洋

南洋，是明清时期对东南亚一带的称呼，这是一个以中国为中心的概念，包括马来群岛、菲律宾群岛、印度尼西亚群岛、马来半岛、中南半岛等地。不堪战乱的百姓选择到与中国在地缘上有毗邻关系的东南亚建立一个新的家园，这种漂洋过海到南洋谋生的移民浪潮，史称"下南洋"。下南洋在福建、广东、台湾一带也称为"过番"，意思是到南洋一带谋生。中国人下南洋的原因，主要有三个方面：为战乱和天灾所迫，因为政治、经济的原因，人们对美好生活的向往与追逐。移民是一个艰辛的过程，海上航行充满着艰险，喜怒无常的大海随时都有可能吞噬海上的船。在明代，下南洋的华人会带上三样东西：耕种之具、种子和棺材。对这些人来说，奔向新希望的同时也要准备随时面对死亡。

遥遥南洋路

《汉书·地理志》中记载，早在2000多年前，船队从广州徐闻出发，经过今天广西的合浦，在当时汉朝所管辖的日南郡（今越南中部）出境，途径马来西亚群岛到达位于今天斯里兰卡的康志唯南，这是现存中国人下南洋最早的文字记载。

在西汉末年、南北朝时期、唐朝末年、宋元时期都出现过移民东南亚的小规模浪潮，但是一直到明清时期，才出现了大规模的迁徙。这期间，有1000多万华人，从福建的福州、晋江、金门，广东的潮汕、清远，海南的琼海、文昌等地去往南洋。

《新唐书》中记载了一条下南洋的大致航线：从广州出发，经过珠江口的屯门港，再折向西南，过海南岛附近的七洲洋，抵达越南的东南部，之后往南航行至马来半岛湄公河口，穿过新加坡海峡到苏门答腊，由此向东南方向往爪哇航行，向西北方向穿越马六甲海峡，穿过印度洋至斯里兰卡和印度半岛的南端。

"从1695年冬开始，两艘200担的帆船队，从琼山演海乡开往泰国，到1735年，这支船队发展到73艘，常年川走于东南亚各国之间，这便是琼山最早的帆船队。"（《琼山县最早出洋帆船的兴衰史》）这是最早出现的海南人前往越南的航线。再后来有"由海口及文昌之铺前港，取道海峡往西，再南下走西贡、曼谷与星洲等处""由清澜、博鳌、藤桥、三亚、海头等港直接南下赴上述目的地。每年一次，于阴历冬至前后乘东北季风南下，至翌年夏间南风时返航。每年出南洋大型帆船总数有百余艘。其中，赴暹罗者40艘，赴交趾北部者50艘，南部者25艘。至赴星洲者，早期仅十余艘，盛时40余艘。每船载重千余至一万担，除货物外，每船附载乘客廿余人至百人。顺风时，数日可抵西贡，12日可抵星洲，半月可抵曼谷"（《海南历史论文集》）等航线。

……

台风、巨浪、暗礁、海啸……海上情况多变，常发生船被海浪打翻、人葬身海底的事情，但这些也无法阻挡人们踏上这

漂洋过海的遥遥南洋路。

奔向希望

东南沿海一带的陆地 80% 以上是山地，粮食产量少，人们常常食不果腹。16 世纪末，福建省长乐县一个叫陈振龙的秀才因乡试不第，便放弃了科举这条路。他知道在家乡这块贫瘠的土地上，农耕并不能发财致富，甚至很难维持基本的生活，于是像当地的许多人一样，他想到了出海经商。陈振龙跟随下南洋的商船到了吕宋岛（今菲律宾），见到当地种植极易成活的番薯，便想将这种农作物带回家乡种植，可是当时吕宋岛被西班牙政府统治着，西班牙政府不允许出口番薯，陈振龙便将番薯枝条编进藤篮，偷偷带回家乡。从此番薯便在福建一带大量种植，解决了人们的吃饭问题，在一定程度上使得人口大量增加。不过，人口急剧增多，没有足够的田地供人们耕种，再加上明末清初战争、起义不断，地主豪强抢夺农民土地，许多农民失去了家园，苦不堪言。为了躲避乱世，人们纷纷漂洋过海前往南洋谋生。此外，在下南洋的人潮中还有许多怀有反清复明之梦的明朝遗民、遗臣。1659 年，跟随永历皇帝流亡缅甸的官兵眷属，有的逃亡暹罗（今泰国），有的被安置在缅甸边远地区。明亡后，高雷廉总兵陈上川、副将陈安平等率领兵将家眷 3000 余人、战船 50 余艘到达越南南部的湄公河三角洲，这块地方因此被称作"明乡"。

鸦片战争之前，下南洋的华人以经商谋生者居多，他们愿意从事那些当地人不愿意从事或无力从事的工作，成为推动南洋社会发展重要的一部分。华人吃苦耐劳、节俭勤勉，被视为最勤奋和平和的群体。他们大都希望将来有一天，可以衣锦还乡，但是大多数人却难以实现这个愿望。

鲜血与泪水

17世纪以后，东南亚形成了大规模的华人群体，他们聚居在一起，相互依靠。为了方便统治，当地统治者对南洋华人多采用"以华治华"的政策，划定一定范围为华人社区，并指定华人首领管理本区。这样的华人首领，在当时荷属、英属南洋，称为甲必丹；在安南、暹罗，称为社长、县长。

1543年，西班牙的航海家 R. 洛佩斯·德·维拉洛博斯，以西班牙皇储腓力之名命名菲律宾群岛。1571年，西班牙人占领马尼拉，并把殖民政权的中心设在此地。在西班牙人占领菲律宾之初，为了发展菲律宾的商业，西班牙殖民政府招徕华人，当时华人的往来和居留都不受限制，于是吸引了很多华人。西班牙人把天主教带到菲律宾，人们纷纷改信天主教，然而华人当中却很少有皈依者，这引起了西班牙殖民政府的警觉。1581年，为了便于控制华人，西班牙殖民政府将华人集中于马尼拉的华人居留区——巴连，限制华人的自由，并指派官员征收贸易税。华人居住区虽然数次变更，但始终被安置在火炮的射程

范围内。

1603年5月，由明朝皇帝派来的两位使臣来到马尼拉，声称是奉了皇帝的命令来寻找长着金豆的树木的。但西班牙人并不相信这一解释，他们认为这是明朝皇帝的阴谋，实际上是想攻打马尼拉，推翻西班牙殖民统治，于是便先下手为强。9月，西班牙殖民政府以出征为由，以高价向马尼拉华人收购铁器，华人纷纷倾其所有，甚至连做菜用的刀都交给了西班牙殖民政府。他们没有对西班牙这一行为产生半点怀疑，甚至为在中秋节前获得额外收入感到高兴，巴连的华人度过了一个愉快的中秋，然而灾难很快就到来了。1603年10月9日午后，巴连被西班牙人、土著人和日本侨民组成的军队包围，他们将巴连内所有的华人，包括妇女、老人、儿童通通射杀；另一批官兵，将在医院接受治疗的华人拉到门外处决。这场残忍的杀戮从午后一直持续到深夜，手无寸铁的华人，面对屠杀者的火枪，毫无反抗之力地倒在了血泊之中，脸上布满了绝望与惊恐。西班牙殖民政府宣布，华人留下的遗产拍卖后全部归政府所有。然而，西班牙殖民政府还是有些担心那个曾威震四海的明朝帝国，于是便派人向明朝皇帝送去一封信解释这次屠杀行为，信中将过错全部推给华人。几个月后，西班牙政府收到了明朝政府的来信，信中说："中国皇帝宽怀大度，对于屠杀华人一节，绝不兴师问罪。"明朝政府认为在吕宋境内的华人都是叛国之徒，政府没有责任和义务保护他们。这样的态度使西班牙殖民政府更加肆无忌惮，1639年、1662年、1689年、1762年和1820年，西班牙人又对华人进行了大屠杀。这样的屠杀，1740年在荷兰殖民地巴达维亚（今印度尼西亚雅加达）再次上演，鲜血染红了华人挖掘的水渠，从此这条水渠有了一个新的名字——红溪，而这次屠杀被称为"红溪事件"。

19世纪60年代至20世纪初，出现了以华人劳工为主体的海外移民潮。1840年，西方世界的坚船利炮敲开了中国的大门，清政府被迫允许西方国家在东南沿海招募华工，因为应募者要订立契约，人们称之为"契约华工"。这些劳工在运出国之前，被成群地关在一起，吃饭时，管理者只提供一大盆食物，劳工们只能像猪仔一样围绕着食盆抢饭吃，所以他们又被称为"猪仔"。表面上看似是自愿签订契约，实际上很多人是被诱骗、拐卖，甚至绑架而来的。西方各国在中国东南地区设立招工公所。洋行、公所雇佣当地地痞流氓充当"客头"（即"猪仔头"），将贫民诱至"猪仔馆"签订契约，以出国后的工资为抵押，换取出国旅费。契约华工的生活条件非常恶劣，他们像牲口一般被装进肮脏的船内，疫病在这样拥挤的环境中流散开来，一些感染疫病的华工被直接抛入大海。数以百万计的"猪仔"经历了地狱般的旅途来到南洋，他们主要在锡矿、种植园内从事苦力劳动，几乎没有自由。华工们辛苦地劳作，怀着微薄的希望艰难地生活于此，他们希望有一天攒够了钱可以"打字"（即资方开具证明）出园，然而这只是少数华工。

这些打字出园的华工，可以在南洋买一片土地，或者经营小生意，开启新的生活。相比于"猪仔"，那些自己到南洋的人似乎要幸运一些，他们在这里做裁缝、理发师、金银匠……勤勤恳恳地创建自己的家园，其中，也涌现出来一批佼佼者，如马来西亚"锡矿大王"姚德胜、垦殖业大王张榕轩、药业大王胡文虎……他们为南洋经济、社会的发展做出了巨大的贡献。

他乡与故乡

张弼士1841年出生于广东潮州府大埔县（今梅州市大埔县），他的父亲是乡村塾师同时也是一名医生，所以他从小就跟着父亲读书认字，后来为了补贴家用，张弼士一边在竹器坊做工，一边从事农活。他18岁那年，家乡遭遇了灾荒，生活困境让张弼士像很多同乡人一样选择前往南洋谋求生路。来到南洋，张弼士苦活累活都干过，从不抱怨，老板看他忠厚老实，聪明能干，便提拔他管理账务，又经过十多年的努力，张弼士用行动证明了自己的能力，取得了老板的信任和赏识，老板便把自己唯一的女儿许配给了他，老板去世后，他们夫妇继承了全部的财产。这份财产给了张弼士大展宏图的机会，他开垦荒地，发展种植业；设立东兴公司，开采锡矿；开办商行，经营各国酒类；创设轮船公司……张弼士卓越的经商头脑让他成为南洋首屈一指的富翁。他不仅是一位成功的商人，同时也是一位热爱祖国的华侨。他的企业为南洋华人带来许多机会和便利，如他开设的日里银行，专门办理华侨储兑信贷和侨汇业务，为华侨存款及向国内汇款提供了许多便利，深得广大华人的信赖。张弼士心系祖国，1900 年黄河决口成灾，他在南洋募捐一百万两白银赈灾，为此清政府赐其"急公好义"的牌匾。虽然张弼士受到清政府的重视，但他渐渐地看清了清政府的腐败，于是便积极支持孙中山的革命事业，他鼓励儿子加入同盟会，并暗中资助孙中山。最为难得的是，张弼士认识到要振兴一个国家，必先振兴其教育事业，他在南洋大力弘扬中华文化，在新加坡等地创办华文学校，资助贫困学子。

像张弼士这样的南洋华人还有很多，浩瀚的大海并不能阻隔他们为祖国提供支持和帮助。1910 年 11 月，孙中山、黄兴等革命党人在马来半岛的槟榔屿召开庇能会议，决定在广州发动武装起义。1911 年 4 月 27 日下午，黄兴率 120 余名敢死队员直扑两广总督署，发动了同盟会的第十次武装起义——广州起义。起义军浴血奋战，但终因寡不敌众而失败，在这次起义中牺牲的同盟会成员有 86 人，其中 72 人的遗体被安葬于广州红花岗，潘达微将红花岗改名为黄花岗，这次起义因此又被称为"黄花岗起义"，而这 72 个年轻人被称为"黄花岗七十二烈士"，他们之中有 29 人是从南洋而来的。余东雄是其中年龄最小的一位，他的生死之交郭继枚也不过 18 岁。他们经常一起习武并结伴打猎，后来两人都加入中国同盟会。1911 年，在广州统筹起义的黄兴希望懂得武术的人组成敢死队，攻打两

广总督衙门，来自马来西亚的李炳辉便推荐同乡余东雄与郭继枚参加。不顾家人的百般阻挠，一天夜里，郭继枚告别了自己刚刚结婚三日的妻子，而余东雄瞒着母亲和朋友偷偷离家，两人在码头相会，一同前往广州，他们知道这是一次有去无回的旅途，知道在大海的彼岸等待他们的可能还有死亡。面对死亡，余东雄留下了这样的文字："视死如归弟之素志，但求马革裹尸以为荣。"黄花岗起义的经费几乎全是新加坡华侨所筹。事实上，孙中山革命经费很大一部分来自南洋华侨的支持，他们为中国革命做出了不可磨灭的贡献，所以孙中山说"华侨为革命之母"。在近代中国艰难的100多年间，南洋华侨从未停止过对中国的援助。抗日战争期间南洋华侨通过各种方式为中国筹款。1939年，日本占领广州，切断了中国的海上交通线，滇缅公路成了沟通外界的重要通道，但是缺少司机和机车技工，西南运输处便想到招募华侨。从1939年除夕开始有15批南洋华侨机工共3200多人响应号召来到中国，到1942年只有400人返回南洋。他们为中国献出了年轻的生命，而这个国家也在他们的鲜血中慢慢苏醒。

　　如今华人已经成为东南亚各国公民群体的重要组成部分，这些国家的社会发展与华人的努力密不可分，南洋这片区域居住着全球70%的华人，是华人分布最集中的地区。南洋华人越来越多地参与到社会政治活动中来，在经历过迷茫、挫折之后，积极寻找自己在这片土地上的身份定位。下南洋仍在延续，

1978 年延续至今，新的移民潮正在形成，让我们期待南洋能为每一个到这里的人提供一个更加美好的未来。

挽救中国航海权

——陈干青的强海梦

崇明岛位于长江入海口，在这座人杰地灵的小岛上孕育了中国众多的航海人才，"崇明船长多"成了一个公认的说法，陈干青便是其中不得不提的一位重要人物。如今在崇明岛上还保留着陈干青的故居"思蓼山庄"，山庄中伫立着陈干青100周年诞辰纪念碑，记录了他为中国的航海权做出的卓越贡献。

青年立誓夺海权

1891年，陈干青出生于崇明岛。从小聪明好学的他在1911年的夏天以第一名的成绩考入邮传部上海高等实业学堂，这是中国第一所航海大学堂，后来改名为"吴淞商船专科学校"。当时的学校校长是著名的海军将领萨镇冰，萨镇冰要求学生们立志航海业，挽救中国航海权，科学救国。1914年，经过三年的学习，陈干青和十余位同学被派到海军"保民"舰上实习，陈干青看到船长是一位金发碧眼的英国人，便问跟他们一起去的实习老师："明明是中国船为什么要让外国人当船长？"实习老师无奈地回答："现在是英国人掌管着中国海关，凡是1000吨以上的轮船，船长必须是外国人，否则海关不发营业执照。"陈干青又问："如果中英交战，这个英国舰长会指挥我军攻打英军吗？"实习老师沉默片刻后，摇着头走开了，实习老师的沉默已经给了陈干青答案。这次实习经历让陈干青立志要成为一名优秀的船长，终身从事航海业，尽自己最大的努力从外国人的手中夺回中国的航海权。

实习半年后，陈干青正式毕业，对学校的大部分学生来说毕业同时可能意味着失业。失业的陈干青回到崇明故里，靠开杂货铺维持生计，但是他的心始终没有离开轮船，一旦祖国的航海事业需要他，他就会立刻整装出发。这一天很快就到了。第一次世界大战的爆发让在中国轮船上工作的欧洲人纷纷回国参与战争，于是便空出大量的岗位。1915年，陈干青来到上海，经朋友的介绍，他来到三北轮船公司，在"升安"轮上任三副，从此正式步入了航海界。

"升安"轮是开往日本的运煤船，船上条件非常艰苦，驾驶台是露天的，如果遇到大风浪，所有人都要穿上雨衣、顶着风浪工作。如此艰苦的工作环境，反而让他更加坚定了自己的信念。船到日本后，船上的许多船员会在日本游玩一番，而陈干青则趁此机会四处走访，回航时记下日本的民风民俗，他渴望了解外面的世界，他认为只有了解了世界才能看清楚中国的现状。陈干青熟练扎实的航海技术和踏实肯干的态度获得了三北轮船公司总经理虞洽卿的赏识，很快便提升他为"升孚"轮二副，来往于上海、秦皇岛之间。

1917年，陈干青在肇兴轮船公司的"肇兴"轮上担任二副。9月11日，"肇兴"轮搭载60多名乘客和大量货物前往广州，在厦门海域遇到了强台风，巨浪裹挟着"肇兴"轮上下颠簸，船上的货物来回翻滚，乘客们则是一片惊恐。这时，陈干青发现"肇兴"轮已触礁漏水了，他立即向日籍船长报告这一消息，

船长和大副听后吓得不知所措。而此时的陈干青临危不惧，他冷静地向船长建议"披滩"。船长接受了陈干青的建议，命令大副快速向浅水区驶去，借惯性冲上浅滩。船搁浅了一夜，第二天厦门船埠前来救助，将轮船拖到了船厂修理。由于陈干青的冷静，才避免了船沉人亡的悲剧。这次事件，陈干青显示出了卓越的航海才干，在航海界崭露头角。不久，肇兴轮船公司总经理李子初请他担任"肇兴"轮大副，虽然陈干青在步步高升，但是放眼中国，船长和高级船员的职位大多仍被外国人占有，他为之感到愤慨，此时的他又能为中国做些什么呢？陈干青决定利用自己的职务之便为中国培养一些航海人员，于是他叫来自己的同学、亲戚，以带徒弟的方式向他们传授航海知识。

逐步打破洋人垄断

陈干青用自己的实力证明自己会是一名优秀的船长，然而在当时的中国，敢任用中国人做远洋船长需要一定的胆识和勇气。1922 年，崇尚实业救国的虞洽卿请陈干青担任三北轮船公司"升利"轮的船长。但是在这之前，他必须在海关理船厅注册，当时的海关理船厅掌握在英国人的手里，凡是高级船员的调动都要到那里报告。陈干青对此很无奈，在自己国家的船上做船长，却要经过外国人的许可，这算是什么道理？！他决心让洋人知道中国人做船长比洋人做得还要好！这天，陈干青西装革履来到海关理船厅办理考核注册事宜，他将履历表和虞洽卿的介绍信递给英籍港务长弗莱斯。弗莱斯看了看陈干青的介绍信，上下打量着眼前的这位中国人，轻蔑地说："'升利'轮是远洋船，船长向来是由外国人担任。外国船长航海经验丰富，技术过硬，你一个中国人，懂得天文航海吗？熟悉《万国避碰章程》吗？"陈干青听了港务长的话，顿时怒火中烧，但他只是拉了一下领带，表情严肃地说道："我的履历表已经送了过来，想必你已经看过了，我是国立吴淞商船专科学校毕业生，实习过半年，此后又在远洋轮船上担任大副、二副、三副共八年，怎么会不熟悉航海业务呢？对于天文航海、《万国避碰章程》当然非常清楚！"港务长脸上流露出不屑的表情，便考他测天定船位、六分仪的使用、经纬度的计算及误差等天文航海学知识，陈干青对答如流。弗莱斯又让他背诵《万国避碰章程》条款，陈干青就流利、迅速地背了一遍。弗莱斯看难不倒他，这才不情愿地说："你先做两个月的船长试试看。"就这样，陈干青成为三北轮船公司"升利"轮的船长，这也让他成为中国近代航运史上第一位远洋海轮船长。担任船长期间，他的航海技术和领导才能获得了大家普遍的认可，同时陈干青还大力培训航海人员，积极提拔中国船员，打破了洋人在中国航海界一统天下的局面。后来，陈干青当上了肇兴轮船公司的总船长，他抓住这个机会，一方面扩大自己的业务知识，另一方面团结各方航海界人员为收回航海权共同努力。在陈干青的带领下，肇兴轮船公司迅速发展，仅次于招商局和三北轮船公

司，名列第三；与此同时，中国航海事业有了新的发展。

1927 年，日本宣布："千吨级以上商船如无无线电通信设备，不得进入大连港装卸货物。"陈干青立即与同乡陶胜伯商量应对策略，他们在上海开办无线电学校，培训电讯人员，考试合格者获得职业证书，然后到船上任报务员，学校为近代中国航海业培养了一批优秀的船舶报务员。陈干青还对中国的航海保险业的发展做出了重要贡献。20 世纪 20 年代，中国的保险业由洋商垄断。1925 年，"亚东"轮沉没引发了上海保险公司理赔纠纷。这让陈干青意识到中国保险业要摆脱洋商的垄断，当时中国人的保险行业知识还相当匮乏，陈干青就自学了海商法水险和船壳险知识，很快成为这方面的专家。后来，陈干青建议李子初创办船舶保险公司，1928 年，"肇泰保险公司"便成立了。除了考虑到船舶保险问题，陈干青还充分为船员们着想，时刻想着改善普通船员的待遇。当时船东、货主大都投保，但是船员、旅客遇难，却得不到赔偿。为了使船员的利益有所保障，1932 年，陈干青带头发起成立了"中国海上意外保险公司"。为了打破洋人对中国船、货保险理赔的垄断，陈干青自己承担海损理算师、船货检验师等业务，为夺回中国航海权做准备。

放眼世界，心系祖国

每次远洋航行都让陈干青收获颇丰，他记录下自己所游历的国家，了解世界各国的风土人情。1929 年，陈干青被民国政府实业部委派为第 13 届国际劳工大会资方代表，这次经历让他获益匪浅。9 月 7 日，陈干青随代表团在上海乘"亚细亚皇后"号邮轮前往加拿大，这艘巨轮航速为每小时 20 海里，在当时属于世界先进船舶。陈干青非常兴奋，一路上他记录下自己的所思所想，将这看作一次难得的看世界的机会。10 月 8 日，他到达瑞士日内瓦，要代表中国参加会议讨论海事问题。这次会议专题讨论海员待遇、船舶、码头的基础设施和技术要求，制定统一的国际规范与标准。陈干青在草拟的提案中写道："查中国海员之待遇比国际标准低得多，系中国被外轮侵犯领海与内河航运权所致，所以请大会与各有关会员国交涉，凡在中国享有领海及内河航运权而于中国航业有碍者，即行校正。"但是这一提案遭到了国际劳工局局长的驳回，理由是与会议无关。对此，陈干青非常气愤，他坚决不同意撤提案，他说："我并不指望提案被受理通过，目的在于揭露列强之侵略，示中国人之不可轻侮。"最终，陈干青在大会上庄严地宣读了自己的提案，虽然没有被受理，但是却彰显了中国精神，让世界看到了中国的立场。

大会结束后，陈干青一行离开日内瓦，乘火车来到意大利。陈干青雇车畅游罗马斗兽场、神殿、台伯河上古桥等地，他被

这里的景色所吸引，不禁感慨如果世界不再有战争，每个人都能愉快地欣赏美景，那该多好啊！陈干青在意大利搭日本邮轮"伏见丸"回国，当船驶进苏伊士运河时，他激动极了，这可是世界上三大运河之一啊！这条运河让轮船不需要绕过好望角便可去欧洲，大大缩短了航程，多么了不起啊！可是转眼他又从兴奋变成了忧伤，这条埃及人为之献出数万生命的运河却被英国霸占着！他久久望着苏伊士运河，想到了远在万里之外的祖国。11月18日，邮轮穿越马六甲海峡，抵达新加坡，在这里陈干青看到了许多华人，一时间让他以为自己是在国内，瞬间燃起了他的思乡之情。又过了十天，轮船到达了上海。这次旅行历时两个月21天，成为陈干青一生中一段难忘的经历。回国后的陈干青马上又投入繁忙的工作之中。

1933年，陈干青被推举为上海港船舶碰撞处理委员会委员；1934年，又当选为中国引水管理委员会委员；1935年，任上海引水员资格审查委员会委员。他录用中国人为引水员，打破了洋人对港口引水员一职的垄断。抗日战争期间，上海沦陷，陈干青辞去了自己所有的公职，回到家乡，每日练书法，整理日记，撰写了《思蓼堂随笔》。1940年的一天，汪伪国权"交通部部长"李伟侯派人拜访陈干青，劝他出任航政司司长一职，许诺只要陈干青肯接受这一职位就给他很高的报酬。面对金钱，陈干青不为所动，他对来人说："人生上寿，不过百年，与其富贵而遗臭，不如清贫而流芳。"

陈干青的一生都在为收回中国航海权而奋斗，新中国成立后，中央政府宣布收回航海权，陈干青高兴得热泪盈眶，他多年的愿望终于实现了。陈干青出任中国人民保险公司海损顾问、上海港务局船舶碰撞委员会委员等职，还承接了共同海损理算、船舶检验和船舶估价的业务，为新中国航海事业的发展奋斗着。1953年9月，陈干青因患心血管疾病逝世于上海华山医院，享年62岁。陈干青用他赤诚的爱国之心、坚定的强海信念和专业的航海业务知识为中国航海权的收回贡献了自己的力量，他的功绩将永远镌刻在中国航海事业的丰碑上，彪炳千古。

新中国的海上姿态

——贝汉廷的一生践行

2015 年 9 月 23 日，中国国家主席习近平在西雅图参观美国微软公司总部，并接受了微软赠送的"柳林海"轮船模型。这艘轮船对中美两国有着特殊的意义。

1979 年 1 月，中美两国正式建立外交关系。3 月 25 日，中远货轮"柳林海"轮从上海港出发，横跨浩瀚的太平洋，于 4 月 18 日上午 10 点半，抵达美国西雅图港，顺利靠泊在 91 号码头，这是悬挂中华人民共和国国旗的货轮第一次停泊在美国的港口，恢复了中断 30 年的两国海上运输航线。而指挥"柳林海"轮的船长正是贝汉廷。

贝船长的誓言

贝汉廷于 1926 年 4 月 23 日出生于上海南市。南市是上海一个比较贫困的商业区，狭窄的店铺、泥泞的街道和来往行人疲惫的神情，成了贝汉廷童年记忆中难忘的情景。这些为生活奔波的人谁都没有想到，几十年后从这里走出了一位新中国的远洋船长。贝汉廷是家中最小的孩子，哥哥姐姐都只上了一两年学，母亲希望孩子们能早点外出做工补贴家用。贝汉廷的哥哥很小就出去做工了，但是他坚持让贝汉廷上学。1946 年，贝汉廷由哥哥资助进入国立吴淞商船专科学校就读航海系；1951 年，贝汉廷于上海航务学院（原吴淞商船专科学校）航海系毕业，毕业时他立下誓言："要把我最大的力量贡献给祖国的航海事业！"自此他便一直践行着自己的誓言。

新中国成立初期百废待兴，航海事业也急需一大批航海人才。贝汉廷先是被派往辽宁，在营口港登上海鹰轮船公司一艘200吨级的木壳机帆船"安海五"号，从此开始了自己的航海人生。随着中国海运业的恢复和发展，在以后的几年中，他先后在广州华南海运局和上海海运局船舶上从事沿海运输工作。每次航行他都详细记录自己的航海经历和心得，还会带上一摞书，学习天文学、气象学相关知识，贝汉廷还时刻不忘复习英语、法语，此外他还自学了西班牙语、意大利和德语。他工作认真细心，踏实肯干，得到了老船长的赏识，逐渐脱颖而出，从一名实习生成长为船舶大副……最后成为船长。1964年，贝汉廷指挥"友谊"号来到阿尔巴尼亚都拉斯港，正在那里访问的周总理接见了船上的所有船员，与船员们亲切交谈。看到周总理对中国的航海事业如此重视，贝汉廷对周总理说："我一辈子不离开船，不离开海洋。"

正当贝汉廷期待着中国远洋事业快速发展的时候，"文化大革命"开始了，贝汉廷被调离远洋战线来到上海航道局，在挖泥船"航峰一"号上任三副。相对于许多在"文化大革命"中受到迫害的知识分子，贝汉廷是幸运的。这里工作比较轻松，并且每天都能和家人见面，但是他仍然没有忘记浩瀚的海洋，没有忘记他曾立下的誓言。1974年，贝汉廷终于有机会重返海洋，他来到了中远上海分公司。

在汉堡港书写奇迹

1978年4月，天津化纤厂从联邦德国进口成套设备，急需从汉堡港运回天津。贝汉廷所工作的"汉川"轮接到指令前往装运。但抵港之后，代理认为中国船根本无法运载这套设备，因为这套设备总共有44个大件，有近5000立方米，其中最高的4.3米，最长的37.8米，外形不规则又极其昂贵，装运途中不能碰不能压，如果任何一个部件有一点损坏或漏运，都要误工误时，损失严重。德国人根本不相信"汉川"轮能一次将这批货物运回。当时，汉堡港都把贵重的成套设备交给他们认为工效最高的德国船运载，代理对贝汉廷说："'汉川'轮可以运别的货嘛。"

贝汉廷并不这么认为，他组织船员，认真分析了本船的技术情况、沿途气候条件，测量核对了每一件物品，按1：100的比例制成货物硬板模型，反复在船图上模拟装载，终于在无数次的尝试后，制订出一份详尽的装载计划。贝汉廷将一套细致缜密的配载图交给德国人，并讲解了装货计划，德国人提出的一些疑问，贝汉廷也都给出了令人满意的答复。德国人不由地赞叹："这真是一张完美的配载图！"这份配载图凝结了全体船员的心血，也体现了贝汉廷的智慧和卓越的指挥才能。

"汉川"轮终于开始装载了，但是在装载过程中，又遇到了一件麻烦事。有一名叫吉亚特的德国工头，有几十年的工龄而且很有本事，因此有些自负，他看不起中国人，常常不听大

103

副的指挥，还自作主张将两个大件不按配载图而按自己的想法装载，贝汉廷得知后，赶到现场与他理论，而吉亚特却自信满满地说："我在汉堡港装了几十年的货了，我有把握。"贝汉廷耐心劝说，但吉亚特还是不听，最后没有办法，贝汉廷只能说："如果最后装不下，由你重装，误工误期一切损失由你负责。"吉亚特满不在乎地说："没问题。"然而，到了第三天问题就出现了，吉亚特急匆匆地来找贝汉廷，说有一个 16 米长的大件放不下去，关不上舱盖，不能启航。贝汉廷并没有指责吉亚特，他立即调动船员修正部分配置图，最后在中德两国工人的共同努力下完成了装载。通过这件事，吉亚特看到了中国船长的智慧和大度，从此再也不敢小看中国人，只要是为中国船装货，他都严格按照配载图装载。

装载完毕后，代理等人纷纷来到船上向中国船员祝贺，同时他们又建议道："像这样的货，我们德国有经验的老水手也绑不好，何况贵船海员多是新手。这么娇贵的货，弄坏一件可不得了哇。这船货，你们公司发财了，光运费就 200 多万马克，把捆扎工作交给德国工人，花几个绑扎费也值得。"贝汉廷拒绝了这一建议，他与船员们商议后，决定由中国船员自己绑扎，这样既可以方便中途检查，也可以借此机会锻炼船员，同时也节省了一大笔开支。于是全体船员全力投入绑扎中；在贝汉廷的指挥下，绑扎工作有序进行，每个人都一丝不苟，争分夺秒。由于中国船员多是新手，还有很多不熟悉的地方，验货师第一

次来检查时，发现了几处毛病。贝汉廷领着船员立即解决了发现的问题，第二天验货师再来检查，找不出一处毛病，他对贝汉廷说："这样的绑法在海上船摇三四十度也不会出问题，我相信我的眼睛。"

"汉川"轮的装载奇迹轰动了汉堡港，港口当局、装卸公司、在港内停靠的其他船舶的船员，纷纷上船考察学习，电视台三次到"汉川"轮上采访。德国人赞叹道："杂货船货物装到这种水平在汉堡港还是第一次。"1981年，贝汉廷船长又指挥"汉川"轮到荷兰鹿特丹港，将净体积超过6000立方米的34个大件设备有条不紊地装载在船舱和甲板上，创造了"汉川"轮开航以后装货的最高纪录，震惊了鹿特丹的海运界和新闻界。"汉川"轮为祖国争得了荣誉，让全世界看到，改革开放后的中国将会以一种怎样的姿态加入世界贸易的大潮。

"汉川"轮的风度

1978年12月，在贝汉廷船长的指挥下，"汉川"轮出航前往伦敦，途径地中海时遇到了九级大风，贝汉廷沉着地指挥着"汉川"轮前行，突然船上收到了求救信号。贝汉廷立即到海图室查明求救船失事的位置，他马上命令全体船员准备救援。贝汉廷通过超高频无线电话呼号："'艾琳娜斯霍浦'号，我是中国'汉川'轮，前来救援，请回答，请回答！"却没有收到回复，贝汉廷明白遇难船已经失去了通信能力，必须马上展开营救。贝汉廷看到，"艾琳娜斯霍浦"号船身已经倾斜了30多度，船尾正不断地沉入水中，不远处有一艘救生小艇在海上颠簸，上面载着16名船员和一名家属，随时都有可能被大海吞没。由于风浪很大，"汉川"轮很难接近救生小艇，在多次的尝试后，才成功靠近了救生艇，救下了小艇上焦急等待的人们。这时，贝汉廷回答了整个地中海东部塞得港、马耳他、雅典、塞浦路斯电台及附近船舶的互相呼号："我是中国'汉川'轮，现在'艾琳娜斯霍浦'号的船员已安全登上我船，请放心……"

伊柯优斯是"艾琳娜斯霍浦"号的船长，他将多数船员和家属护送到"汉川"轮后，却迟迟不肯上船，他和其他三个船员留在救生艇中再次掉头向遇难船靠拢。"艾琳娜斯霍浦"号是一艘28岁高龄的老船，伊柯优斯船长一直把它当作自己生命的一部分，而今这艘船就要结束自己的生命，船长怎能不伤心。看到伊柯优斯船长在汹涌的波涛中坚持坐在救生艇里，贝汉廷理解他的心情，于是下令让"汉川"轮默默守在一旁巡回游弋。下午5点多，夜幕慢慢降临，暴风丝毫没有减退的迹象，伊柯优斯船长乘坐的救生艇在海浪间猛烈地摇晃着，贝汉廷知道如果船长再不上船将会万分危险，于是用汽笛和高音喇叭呼喊船长。终于，救生艇靠近了"汉川"轮。贝汉廷到甲板迎接这位希腊同行，伊柯优斯船长请求贝汉廷让他守在"艾琳娜斯霍普"号旁，直到它沉没，再将他和他的船员送回希腊克利蒂岛。

　　这位在航海日志上没有耽误过一天航期的老船长，这一次却毫不迟疑地答应了伊柯优斯船长的请求。因为在夜晚，这艘还没有完全下沉的遇难船对周围的航行船是一个极大的威胁，贝汉廷下令把甲板灯全部打开，游弋在遇难船周围，并反复高声呼号："航行中的船舶，我是中国'汉川'轮！请注意！在你的左舷3海里处有艘不点灯的遇难船，请注意绕行，请注意不要碰撞……"贝汉廷将"汉川"轮当作航标守在遇难船边一个通宵，先后用无线电话警示六艘船舶及时避让遇难船。在地中海波涛翻涌的海面上，一艘中国轮船默默守护着所有来往船只的安全，赢得了航海人的尊敬。

　　被救起的船员在"汉川"轮上受到了友好热情的接待，他们从恐惧与绝望中慢慢恢复过来。"艾琳娜斯霍浦"轮机长阿松年底斯·康诺是全船年龄最大的船员，他用船上的无线电话和家中通话，当他在电话中听到他妻子的声音时，瞬间泪流满面，几个小时之前，他以为再也见不到自己的妻子了，现在妻子的声音在耳边响起，仿佛是世间最美妙的音乐，他感到自己是那么幸福，而这一切都要感谢"汉川"轮，他哭着告诉妻子："你一定听到我遇难了……放心……中国人救了我们……并且船长、政委和我们……同桌吃饭……"大管轮佛莱季·本德里斯激动地告诉"汉川"轮的船员们："你们不仅救了我，还救了我的妻子。她还有八天就要生产了，这次如果生个儿子，一定要取名'汉川'。""汉川"轮的船员们对此表示："我们只是做了一位航海人应该做的事情。"这次事件赢得了国际友人的高度赞誉，欧洲许多国家对此做了报道。贝汉廷曾说："人有人的风度，船有船的风度，国有国的风度！""汉川"轮向世界展示了中国的风度，它带着和平与希望航行在浩瀚无际的大海上。

"柳林海"轮首航

1979 年 3 月，贝汉廷指挥"柳林海"轮执行恢复中美海上航运首航任务，他为这次具有重要意义的航行做了充足的准备。他认真检查每一项工作，事无巨细，甚至还亲自对船员们进行外交礼仪方面的培训，给大家介绍美国文化、政治等方面情况，因为他深知此次首航对中国意义重大，他们代表着全体中国人，他希望让美国人看到有风度的新中国海员形象，看到改革开放后中国人的新风貌。"柳林海"轮在预定的时间到达西雅图港，受到了华侨和美国友人的热烈欢迎。贝汉廷说："虽然我们开来的是空船，但却装满了友谊。""柳林海"轮的到来，成为当地的热门话题，每天到"柳林海"轮参观的人络绎不绝。这时的贝汉廷非常忙碌，他承担了大量的外交活动，接待了一批又一批的来访者，但他并不感到劳累，每天脸上都挂着灿烂的笑容，用熟练的英语跟人们交流，还通过电视表达了中国人民对美国人民的友好情谊。

贝汉廷在 1979 年和 1981 年两次荣获上海市劳动模范称号，

1979 年 9 月被国务院授予全国劳动模范称号，同年加入中国共产党。1980 年 8 月，他荣立二等功一次。1982 年，他当选为第六届全国人民代表大会代表。1982 年 12 月，贝汉廷晋升为船舶高级工程师。1984 年，他任上海远洋运输公司指导船长。

1985 年 3 月，身患重病的贝汉廷船长带着医生开的七种药和一份译成英文的病症说明，受命前往联邦德国迎接新造的集装箱船"香河"轮。出航前，朋友和家人都劝他向公司说明病情换个人去。但是贝汉廷担心临时换人会延误接船时间，坚持按计划前往。他一上船就投入了忘我的工作，仿佛他的病瞬间都好了，但只有贝汉廷自己清楚他的身体已远不如从前了。4 月 9 日接到"香河"轮后，本可以减少工作量的贝汉廷依旧没有休息，继续为新船首航能接到更多的货物订单而忘我地工作着，他指挥着"香河"轮穿梭于欧洲各港之间，直到 4 月 20 日"香河"轮准备返航，他才决定休息一下。然而休息过后，贝汉廷似乎更加疲惫了，他艰难地挪动着双脚，每走一步都要用上全身的力气，在极度疲惫的状态下他还是坚持开完了下午的会议。会议结束后，贝船长再也坚持不住了，他靠着沙发倒下，船医闻讯赶来，展开了抢救工作，直升机将船长接到西班牙医院。然而，无论人们怎么努力，都没能挽救贝汉廷的生命。西班牙法医对贝汉廷遗体进行了解剖，死因结论是："疲劳过度，心力衰竭。"就这样，贝汉廷在船长岗位上离开了他所热爱的海洋，这一天正是他 59 岁的生日。

　　贝汉廷是新中国伟大的航海家，他用一生践行着自己对祖国的诺言，将自己的生命交给了海洋，交给了祖国的远洋事业。新中国的航海事业就在像贝汉廷这样的航海人的推动下一步步走向繁荣。

大海上的铿锵玫瑰

——孔庆芬的航海人生

在旧社会，人们认为女人不可以上船，原因所谓女人会带来厄运和晦气，更有人说"女人上船，船准翻"。这种迷信的说法源于人们对于女性的偏见，有一个人却要打破这种偏见，她就是中国第一位远洋女船长孔庆芬。

立下航海志愿

孔庆芬 1933 年出生于天津一个普通的邮递员家庭。家里有七个孩子，她是老大。身为大姐的孔庆芬，一直以实际行动为弟弟妹妹们做出表率。1949 年，学习十分刻苦、品学兼优的孔庆芬被保送至河北工学院，遗憾的是孔庆芬患了重病，不得不中途休学。虽然离开了学校，但她一直坚持自学，她相信机会都是留给那些有准备的人的。果然机会来了，她得到了一份在天津航政局（天津市港务局的前身）当打字员的工作；之后改为文书工作，对工作她投入了极大的热情，兢兢业业，恪尽职守。1950 年 9 月，天津市港务局正式成立，孔庆芬成为天津市港务局港务处监督科的港务监督员。

20 世纪 50 年代初，孔庆芬由于业绩突出，被推举为天津市海员工会的女海员代表，到北京参加了全国妇女代表会议。出席这次会议的都是在各行各业有突出表现的妇女，有中国第一个女司机田桂英、第一个女飞行员伍竹迪、第一个女拖拉机手梁军……宋庆龄、蔡畅、邓颖超等领导同志与妇女代表们热烈地交谈，邓颖超高兴地说："现在解放了，男女都一样，男同志能做的事情女同志也能做到。女同志能开火车，开飞机，也能开轮船。"邓颖超的话令孔庆芬感到有些惭愧，因为她在港务局只是做一些地面工作，从未开过轮船，她红着脸告诉邓颖超："邓姨，他们开火车、开飞机，都是真的，而我是个假海员，我不会开轮船。"邓颖超听了，觉得眼前这个直爽的姑娘十分可爱，她笑着说："没关系，不会，可以学呀。"邓颖超的话仿佛海上的灯塔为孔庆芬指明了前行的道路，她一下子找到了自己人生的目标，她决定做一名船员，将来还要当一名船长，一名真正开轮船的船长。

回到天津后，孔庆芬便向组织和领导汇报了自己想当海员的想法，领导们很欣赏孔庆芬的志气，决定提供大力支持。但是这一想法却没有得到父母的认可，母亲认为，航海是适合男性从事的职业，非常艰辛，而且出海风险太大，她希望女儿做些文职方面的工作。但是在女儿的坚持下，父母最终尊重了女儿的选择。1953 年 6 月，20 岁的孔庆芬被安排在中国人民轮船公司上海分公司（上海海运集团公司前身）的当时最大最好的一艘万吨级货轮"和平一"号学习，她由此成为中国第一名海轮女船员，这在当时可谓一件新鲜事儿。

从船员到船长

要驾驶一艘轮船，除了需要一定的数学、物理、化学、英语基础知识外，还需要掌握天文航海、船艺、气象、水文等专

业知识。而这一切对于只是初中毕业的孔庆芬来说是陌生的，她带着一大摞书来到"和平一"号，白天她参与船上的日常工作，作为一名普通船员跟着有经验的船员学习各项业务技能，晚上一个人在船舱内苦读各类专业书籍。每次当她感到疲惫时，就静下来闭上眼睛，倾听海浪击打船身的声音，这美妙的声音仿佛是在告诉她要坚持下去，于是稍停片刻，孔庆芬又振作精神投入学习之中。刚上船的那段时间她基本上每天只休息两三个小时。她不放过任何空闲时间，当船员们在岸上游玩休息的时候，她独自留在房间内学习。在学习和操作中遇到问题，孔庆芬就虚心向老师、船员求教。在大家的帮助下，她学习的劲头更足了。本来一年半才能学完的课程，孔庆芬竟然半年就学完了。不久，孔庆芬就报名参加高级海员鉴定考试。60多人参加考试，只有三个人13门功课全部合格，其中就有孔庆芬。

成为一名船员除了要有扎实的航海知识以外，还要有良好的身体素质和心理素质以应对海上随时可能出现的危险情况。孔庆芬来到"和平一"号不久，就遇到了一次大风暴。在其他船员纷纷投入各自的工作时，孔庆芬呕吐不止，她感到天旋地转，船似乎变成了一个毫无抵抗力的玩具，任由海浪把它抛来卷去。待风浪稍微平息了一些，一位老船员看到孔庆芬脸色铁青，全身瘫软，就过来安慰她："在海上经常会碰到风暴，这次风浪还不是最可怕的，船上的每个人都遇到过这样的情况，开始的时候他们也都像你一样感到恐惧，有不少像你这样头晕呕吐的，后来才慢慢适应过来。你不能让对大海的恐惧吞噬了你，你必须直面大海的暴怒，让大海看到你的勇气。船头是最颠簸的地方，当你有一天能承受这种颠簸了，你便能成为一名真正的海上船员了。"听了老船员的话孔庆芬忍住仍旧翻江倒海的胃液，艰难地走向船头，望着黑沉的大海，在心里想："我是下定决心要开轮船的，如果连这点恐惧都克服不了，以后还怎么与大海打交道？大海啊，我敬佩你，但我不惧怕你。你别想用惊涛骇浪吓跑我，我的一生都要和你相伴，我要向你证明我的勇气和决心。"就这样，每次有风浪来，孔庆芬都站到船头适应颠簸，后来她真的不惧怕风浪了。

孔庆芬用实际行动证明了自己。1955 年 9 月，孔庆芬 22 岁时，取得了海轮三副证书，两年后升为二副，1968 年升为大副，1969 年通过船长技术鉴定考试，被正式任命为船长，成为中国第一名海轮女船长。

1970 年 3 月 8 日，是孔庆芬一生中最难忘的一天，这一天她第一次作为船长，指挥 3000 吨的货船"战斗 67"轮解缆出航。在众人的期望中，孔庆芬圆满完成了此次航行任务。1971 年，"战斗 67"轮装载着 3000 吨钢轨和铁块，从大连港起航，在途中遭遇强风暴，船体倾斜 7 度，孔庆芬临阵不慌，她镇定地指挥着船员们进行各项工作，最后货轮平安抵达天津港。这次航行让船员们看到了这位女船长的智慧与高超的航海技术。

巾帼不让须眉

孔庆芬的故事被越来越多的人知道。1956 年，上海人民美术出版社著名年画画家李慕白以孔庆芬的事迹创作了年画《新中国的女航海员》。1957 年，少年儿童出版社出版了由作家代琇、庄辛创作的《女海员》一书。她的事迹激励了许多想从事航海事业的女性。20 世纪五六十年代，在上海海运局的客轮上有少量的女船员，但是却没有女船员从事远洋运输工作，直到 1976 年，孔庆芬和另外 11 名女船员书写了新中国的远洋事业的新篇章。

1976 年 8 月，孔庆芬取得远洋一等船长的证书。1976 年 9 月 21 日，孔庆芬指挥"风涛"轮由上海港起航去日本，而与她一同上船的除了原本就工作于此的男船员外，还有另外 11 名女船员，其中年纪最大的 42 岁，最小的只有 20 岁。她们都是从各个单位选拔出来的女船员，有的是在客轮上工作过的老船员，有的是第一次在船上工作的新船员。她们都经过了严苛的考核，被安排到远洋船舶上担任驾驶、轮机、报务、政工、翻译、管事、医务等职务。这些女船员像刚成为船员时的孔庆芬一样，白天熟悉船上的各项业务，晚上学习航海知识和英语，她们认真负责，踏实肯干，出色地完成了自己的工作，让男船员对她们刮目相看。大海总是充满着艰险，孔庆芬凭着熟练的技术和丰富的航海经验进行着船长的工作。许多第一次上船工作的女船员表现出了惊人的勇气，她们虽然也担心害怕，但还是一丝不苟地完成了船长分配的任务。9月25日，"风涛"轮抵达日本横滨港，首航成功。中国女船员首航日本，在日本社会引起了轰动，受到日本朋友们热烈的赞扬和欢迎，日本媒体纷纷刊登女船员的照片，报道这次具有历史意义的航行。

1981年，孔庆芬回到天津港工作，这是她梦想起航的地方，以女船长的身份回到这里，似乎是给30年前的自己交了一份满意的答卷，但对她来说，这远不是结束，而是新的征程的开始。年近五旬的孔庆芬依然奋斗在航海第一线，一些领导和同事劝她："你这么大岁数了，放着舒服的日子不过，还驾驶轮船漂洋过海，多艰苦啊！"而孔庆芬面对这样的好心劝解，总是微笑着回答："我爱那蓝蓝的大海，在大风大浪里成长，更能锻炼我的意志。我是党培养起来的首位海上女船员，祖国的航海事业需要我，只要我身体还能适合航海，我就要继续在海上工作。"2005年5月28日，孔庆芬在天津逝世，享年73岁。

孔庆芬是中国自己培养的第一位女远洋船长，也是中华民族航海史上第一个有详细记载的女航海家。现在，越来越多的女船员出现在远洋海轮上，她们用实际行动向世人证明女人也可以像男人一样驰骋大海，她们是盛开在大海上永不凋落的铿锵玫瑰。相信在未来，还会有更多的女船员在航海史上写下壮丽的诗篇。

南海主权的见证

——老船长的《更路簿》

在海南岛东海岸，文昌东郊、铺前、清澜，琼海潭门一带流传着这样一些谚语——"有了更路簿，出海赛神仙""学会更路簿，能当海师傅""家有更路簿，能当好船长"。这些谚语中的"更路簿"是老船长心中的海上指南，具有神圣的地位。《更路簿》，又称《南海更路经》，详细记录了西沙群岛、南沙群岛、中沙群岛等的岛礁名称，准确位置和航向、距离以及岛礁特征，是海南渔民祖祖辈辈在南海航海实践中传承下来的经验总结。

代代相传的南海航行工具书

据专家考证，《更路簿》至迟在明朝初年就已出现，成熟于清朝，盛行于清代末期和民国前期，世代流传至今。"更路簿"中的"更"是计算航程的单位，一昼夜分为12更，更的时长以焚香的炷数来计算，一更大约是10海里；"路"指路径、方向，是渔船的航行线路；"簿"就是小册子。700多年来，在没有雷达和电子定位系统的情况下，海南渔民就是凭借一个罗盘、一本《更路簿》在广袤的南海自由遨游的。

起初，人们出海航行辨别方向仅靠天空的指引，后来出现了航海罗盘，人们在海上更加容易辨别方向，也就能准确地辨别一个岛屿相对于另一个岛屿的位置。到了某个陌生的岛礁后，渔民们首先给这些岛礁按其外观命名，还会记下从这个岛礁朝哪个方向，走多少航程到另一个岛礁，途中可能会遇到哪些困难，等等。在这些来之不易的经验口头流传多年后，为了更好地将其传授给子孙们，老船长们便将它们整理成册，便有了《更路簿》。它代代相传，成了南海渔民必不可少的航海指南工具书。

以海为田的潭门人

在海南省琼海市以东 15 千米的海边坐落着一个千年渔港——潭门港，这里是中国通往南沙最近的港口之一。潭门镇有居民三万多人，其中有 6000 多位渔民操持着 1000 条大大小小的渔船。在 20 世纪 70 年代机帆船出现以前，潭门镇的渔民一手执罗盘，一手执《更路簿》，单靠帆船在南海各个岛礁间的海域往来捕捞，他们将这片海域亲切地称为"祖宗海"。现存的 24 种《更路簿》抄录人或收藏人中，多数是琼海市潭门镇人氏，少数是文昌市东郊镇、铺前镇和清澜镇人。潭门居民自明代成化初年迁来此地，便驶向西沙群岛、中沙群岛、南沙群岛。其中《更路簿》发挥了很大的作用，它记录了 200 多条航线，在潭门王诗桃老船长的《更路簿》抄本中，航线就有 279 条之多。《更路簿》上记录着像"无乜线""墨瓜线"这样的航名，"无乜"在海南方言中意思是"什么也没有"，这便告诉渔民，这里什么也捕捞不到。而"墨瓜线"则表示这里的礁盘出产一种被南海渔民称为"墨瓜参"的海参。《更路簿》能让渔民乘着木帆船顺利出海捕鱼，避开大的风浪和海盗等危险。

　　潭门渔民出海，大都是四五条船结成一帮，每条船上有二三十人，船员们听从船长的指挥并相互配合；一旦进入大海，船长便拥有绝对的权威，因为船长懂天象，能识洋流，会使用木质土罗盘和《更路簿》，有丰富的航海经验。在出发前，船长负责筹措足够全船人员在海上生活半年的各种生产、生活物资。生产物资中除了船上应备的锚锭之外，还要有遇到大风时"下尾扣"的大缆绳⋯⋯生活物资则包括水、米、油、盐等。船队在冬季乘着东北季风出发，驶向西沙群岛，在不同的作业线上进行作业，船员潜入水中捕捞海参、马蹄螺等渔货。他们不捕鱼，偶尔捕鱼则是用来当天吃的。经过几个月的作业，各船满载渔货，到相约的地点集合，推举出一条船，其他船则派代表乘该船将渔货运往新加坡、马来西亚、泰国等地出售，而其余船员乘各自的船回海南岛。那个时候，五六条船就可以养活整个村子。

　　南海养育了世世代代的潭门人，而潭门人也越来越了解这片"祖宗海"。在潭门，一位船长取得的最高荣誉就是去过南海的所有岛屿。潭门卢家炳老船长在年少时就随父亲到过南沙群岛的最南端——曾母暗沙。潭门的渔民是南海开发的先行者和见证者。

用生命书写的航海日志

　　自古行船半条命。南海水下礁、滩复杂，自古有"千里长沙，万里石塘"之称，再加上海上气候变幻莫测，在南海捕捞就需要渔民有无畏的勇气和非凡的智慧。《更路簿》中的每一个地名、每一项经验，都经历了长期的航海实践，渔民们为此付出了巨大的代价，甚至有些人献出了宝贵的生命。

历代老船长带领船员们从潭门港走出，而渔妇们也常常流连于堤岸，她们等待着、盼望着、祈祷着，无数次地幻想丈夫出海归来，踏上堤岸激动地跑到自己身边，两人相拥而泣，流下喜悦和感激的泪水。然而，不是每次的泪水都是喜悦的。苏承芬老船长至今都不能忘记1973年的那次海难。当时和他一起赴西沙群岛的还有一艘潭门镇刚刚建造的大吨位海船，船上有30多人。一天晚上，苏承芬驾驶的渔船正在永兴岛附近作业，猛然发现海水的颜色不太正常，有多年航海经验且熟记《更路簿》内容的他立刻将船开往永兴岛内避风浪，不久大风暴果然来了，狂风卷起10米高的巨浪愤怒地拍打着礁盘，仿佛世界末日一般。几天过后，永兴岛海域恢复了平静，然而那艘大船及船上30多人再也没有回来。

然而，再大的风暴也吓不倒勇敢无畏的潭门老船长们，与海浪搏斗是他们的使命。王诗桃老船长，在九岁时便跟着爷爷出海，似乎是大海有意要考验这位少年，第一次出海就遇到了大风浪，爷爷不幸葬身大海，王诗桃在慌乱中抓住一块木板，在大海上漫无目的地漂泊了数日，最终被他乡的渔民救起，辗转半年才找到了家。回家后，王诗桃只在家休息了几天，就又

跟着父亲和叔伯出海了，而这一次他们要去更远的地方。王诗桃 16 岁那年，他的父亲又被海浪卷走，但是这并没有阻止他继续出海。王诗桃 23 岁开始去西沙群岛，25 岁当上船长。直到 70 岁，王诗桃老船长才退休，他的一生都在"祖宗海"上与海浪搏斗。当他不再出海了，便将他使用过的《更路簿》放在枕头下，每当怀念那段非凡的海上岁月时，他就拿出《更路簿》，摩挲良久，轻轻地念着那些名字："北海（南沙）、猫注（永兴岛）、海公（半月礁）……"同王诗桃老船长一样，潭门老船长们的血肉早已与南海相连。

守护"祖宗海"

潭门人世代守护着这片"祖宗海"，他们谈起东沙群岛、西沙群岛、中沙群岛、南沙群岛时就像在谈论自己家的菜园子。潭门渔民并没有占地做记号的习惯，但是先辈在远洋捕捞时，会带上椰子和地瓜作为口粮，久而久之，他们经常停泊的岛礁就长出了椰子树和地瓜苗，所以只要在南海的岛上看到有椰子树和地瓜生长的地方，就可以判定祖先们曾到过这里。虽然《更路簿》所记录的，是从明朝初年开始，但是渔民们有规律地到南沙群岛附近海域捕捞，已经有近千年的历史了。早在元至元二十三年（1286 年），海南岛有个叫符再德的人，相传他是第一个到南沙群岛附近海域捕鱼的人。后来，还有一些海南渔民前往南沙群岛住岛，住在什么岛，住岛人的姓名、时间、籍贯等都有详细记载。这都证明了南海诸岛自古以来就是中国人民长期生活和中国政府长期控制与管辖的地方。

海南渔民因长期在南海里劳作，对南海诸岛了然于胸，1909年，广东水师提督李准率军舰巡视南海诸岛时，特别招募海南琼海渔民以《更路簿》兼做引水（引航员）。抗战胜利后，中国海军收复南海诸岛时，琼海渔民还作为海上航行向导，帮助中国海军登上南沙群岛、西沙群岛。

从20世纪70年代开始，中国南海露出水面的岛礁以及一些海域被周边一些国家侵占。看到自己的"祖宗海"被圈占，潭门的老船长们愤愤不平，他们用自己的方式守护着"祖宗海"，一些渔民自己制作字牌插到岛上。苏承芬还记得，少年时出海，途中有时候会看到老船长摊开海图来看，他看到一条红线，便问老船长这是什么，老船长说这代表国界，红线内的都是属于中国的。从此，这条鲜红色的线就烙印在了苏承芬的心中，每次在大一点的岛礁停靠时，他就找一小块木板，用炭块写上"中国领土神圣不可侵犯"，然后插在岛上。下次再来时，如果看不到这块木板，他就会再做一个。在20世纪50年代出海时，苏承芬就曾经被邻国的军队抓过关了十多天，被没收了渔货和物资，然后他才被放了。虽然曾经遭遇过种种险情，苏承芬对此一笑置之："我打鱼这几十年，除了死，其他我都经历过了。"2014年5月6日，中国"琼琼海09063"渔船及11名渔民在南沙群岛半月礁附近海域作业时，遭菲律宾海警非法

抓扣，一个月后获释。半月礁一带是琼海渔民在南海作业的传统渔场之一，如今却在这个地方被捕，这让渔民们倍感伤心，但心中更多的是愤慨："今天抓我，明天还去。是他们侵入，是他们错了，我们为什么要怕！"潭门人自古就认为，南海是自己的渔场，《更路簿》就是有力证明。他们不害怕生死未卜的海路，不害怕邻国的军舰，只要能守护住这片祖祖辈辈世代耕耘的"祖宗海"，守住这片埋藏着他们的先辈、记录着他们历史的海域。

2009年2月，《更路簿》被列入中国第二批国家非物质文化遗产保护目录。千百年来，海南岛渔民不畏艰险，靠自己的智慧和勇气在南海劳作，他们用生命写下了一部部《更路簿》。《更路簿》是指引渔民出海的"秘籍"，是先辈留下的宝贵财富，保佑着一代又一代的海南岛渔民遨游在这片"祖宗海"。《更路簿》也是中国开发南海的历史见证，琼海渔民苏德柳、卢烘兰等的手抄本《更路簿》，标明了航行到西沙群岛、南沙群岛、中沙群岛等岛屿的主要航线和岛礁特征，证明了南海诸岛自古以来就是中国的领土。

中国人的环球航海梦

——翟墨和他的帆船

大海有阴沉的一面，更有明朗的一面；有暴怒的一面，也有宁静的一面。有一位画家，他用画笔捕捉着大海的无数个瞬间，每一抹色彩都注入了他的生命，每一朵浪花都涌自他的内心。这位画家叫翟墨。

从画家到航海家

翟墨出生于山东新泰一个普通的矿工家庭，因为从小体弱多病，受到了家人、老师特别的关心和照顾。在同学眼中，他是一个病恹恹的乖宝宝，老师特准他不上体育课，尽管他是那么渴望和同学们一起奔跑玩耍。童年的翟墨常常孤单一人，这让他有些自卑，别人在上体育课，他就用画画来纾解自己心中的苦闷。翟墨一直想证明自己的强大和勇敢，可那时没人给他这个机会，因为谁也没有想到不屈的血液正流淌在这个看似孱弱的孩子的身体里，谁也没想到将来有一天他会成为人们心中的航海英雄。

高中毕业后，翟墨考上了山东工艺美术学院，他对于印象派作品的偏爱，让他的画也偏抽象风格。后来翟墨还尝试了摄影、广告等工作，在这些领域都小有成就。1996年在法国开过画展后，又受新西兰奥克兰艺术中心邀请到奥克兰举办画展，翟墨欣然前往。他这一去，却迎来了人生的一个转折点。

奥克兰是世界著名的"帆船之都"，这里几乎每家每户都有帆船，没事的时候，翟墨就在奥克兰码头看天空、看大海。

这里美丽的风光吸引着他，可他想不通的是为何这么多人喜欢帆船。在单调的大海上驾驶有什么乐趣？一次偶然的机会，翟墨的一个广告界朋友在新西兰拍摄一个叫《航海家》的纪录片，准备采访一位在奥克兰的挪威老航海家，他请翟墨做摄影师，翟墨正好也对航海这个特殊职业感到好奇，于是便一起跟着去了。老航海家虽年事已高，但身体硬朗，皮肤被晒得黝黑。老人娓娓道来自己的航海经历，话语中满是自豪和骄傲。翟墨问："我是中国人，我也可以航海吗？航海需要执照吗？"老航海家告诉他，驾驶帆船不需要执照，而且帆船是目前世界上最自由、最省钱的交通工具，但是他还没见过一个中国人航海。这句话深深地刺痛了翟墨，他那股不服输的劲头又涌上了来，他以尽量平和的语气回敬了老人："在不久的将来，也许您就会看到中国人在海上了。"翟墨口中说的这个中国人指的就是他自己。这话翟墨可不是随便说说的。第二天，他便出门找船。买船需要钱，但是翟墨的存款远远不够买一艘船，于是他做出了一个不同寻常的决定——卖画。其实翟墨从来不卖画，因为这些画就像自己的孩子一样，对他来说是无价之宝。可是为了买船，他狠心把自己心爱的画卖掉，他的画很畅销，卖画的钱加上存款差不多40万元人民币，终于可以买船了。

翟墨把自己的想法告诉了老航海家，老航海家很欣赏翟墨的这种劲头。在老航海家的介绍下，翟墨进入了当地的航海俱乐部，接触到了许多航海人。老航海家带着翟墨来到奥克兰以

外的一座小岛，帮他挑了一艘 8 米长的帆船，这艘帆船诞生于 20 世纪 70 年代末，已经是一个老家伙了，但仪器实用，框架结实；当风帆鼓起来的那一刻，翟墨就被打动了，他立刻认定这艘船是属于他的。在奥克兰剩下的日子里，这艘 8 米帆 H–28 就成了翟墨的家。

翟墨买下船后请船原来的主人——一对新西兰夫妇将船开回奥克兰，船主很惊讶，眼前这个花了 40 万元买一艘帆船的中国人，竟然没有摸过船。这对新西兰夫妇在开回奥克兰的五个小时里教翟墨开船。这是他第一次尝试驾驶帆船，从此就再也离不开帆船了。

学会驾驶帆船后，翟墨用六个月的时间巡航了新西兰岛沿海，在这次试航中，大海向他展示了温柔的一面。2001 年 9 月，翟墨再次从奥克兰出海，这次他的目的地是印象画大师高更画中的大溪地。然而与之前试航不同的是，这次大海让翟墨看到了它狂怒的一面。在新西兰境内的拉乌尔岛附近海域，水面浮现了许多煤渣，天空也随即乌云密布，这意味着风暴要来了。他用绳索把自己与帆船系在一起，狂怒的大风撕扯着船帆，巨大的海浪裹挟着帆船上下颠簸，在与风暴的对抗中，翟墨的脚底划了一个大口子，疼痛与恐惧席卷了全身。此时他无比怀念在陆地上的踏实感，在心里暗暗想：如果能活下来，自己会过平静的生活，再也不出海了。

破浪前行的勇气

海上的惊涛骇浪让人恐惧，可是你克服了这种恐惧时，整个人仿佛涅槃重生一般，焕然一新。在经历过生死考验后，翟墨深深地爱上了大海，爱她的宁静广阔，也爱她的波涛汹涌。2003年，他先在中国沿海以"中国海疆万里行"热身航行，用了55个昼夜完成了从大连到三亚7600多海里的航行。经过这次练兵后，翟墨迫不及待地要开启自己的环球之旅了。

翟墨卖掉了剩下的几乎所有能卖的画，在日本购买了一艘帆船，并将这艘帆船命名为"日照"号。2007年1月6日，翟墨驾驶"日照"号从日照启航。翟墨停靠的第一站是岚山港，出发前一天，他的右手意外骨折了，所以在打上了石膏后，他继续南行。在航行的前几天，多亏船上有两位朋友的帮忙，过了厦门后，翟墨将一人面对未来的航行了。离开厦门，船行至镇海角海域时遇到了八级大风，风力在夜间逐渐增大，海面掀起了5米巨浪，翟墨决定在附近的东山岛抛锚避风。晚上10点多，"日照"号借助风力抵达了海警港口外的接应点不流屿，通过联系海警战士用灯光指引他进港，但是"日照"号的舵又出现了问题，无法顺利抛锚，海警战士联络附近的渔船一起前来救援，可是"日照"号深陷养殖网，渔船无法靠近。这时，冰冷的海水浸透了翟墨的衣服，他的整个身体都快冻僵了。就在翟墨做无谓的努力时，一只小木筏穿过风浪，艰难地向他驶来，是海警战士乘着3米长的木筏前来救援；在海警战士的帮

助下，"日照"号终于顺利停泊。此时已经是凌晨两点了。翟墨在此休整了四天，海警战士还帮助他调试船上的设备。在翟墨近两年的航行中，他得到了许多人的帮助。

翟墨进入印度洋以后，风暴就没有停息过，从 7 月 12 日开始，他经历了长达 12 天的风暴。狂风卷起海浪朝"日照"号无情地压来，"日照"号经常处于以 45 度倾斜。更糟糕的是，在"日照"号艰难地在海中航行到第七天时，方向舵突然失灵了，翟墨只能使用备用舵，用手掌舵。20 日，暴风雨还在继续，翟墨接到了好友的电话，好友告诉他，他们联系了附近的海上营救组织，得到的答复是 30 万元，只救人不救船。翟墨听后，冲着电话怒吼道："在海上，没有哪位船长会轻易放弃自己的船！但凡遇上海难，船长与船都是船在人在，船毁人亡……我一定要坚持，靠自己的力量把船带到岸！"翟墨不再说什么就挂断了电话。过了一会儿，电话又打了过来，好友告诉他，离翟墨最近的岛是迪戈·加西亚岛，这是美军在印度洋里最重要的海军基地，只是一般船靠近的话，有被击沉的危险。翟墨思索了片刻，决定前往迪戈·加西亚岛。

翟墨左、右手轮流掌舵，在海上漂泊了五天五夜。7 月 25 日，翟墨终于冲破风浪来到了迪戈·加西亚岛，但迎接他的是 12 个荷枪实弹的士兵，他们举枪对准翟墨，由于英语不太好，翟墨连比画带猜地与美国士兵交流，美国士兵把翟墨带上了岛；经过审查，他们相信了翟墨。当他们知道翟墨的出海经历后，纷纷竖起大拇指说："So cool！"第二天，美国士兵帮助他修好了"日照"号，还补给了油料和生活用品，六名全副武装的士兵送他出岛，他们还愉快地合了影。事后翟墨得知，他是唯一一个登上迪戈·加西亚岛的中国人。

醒过来的狮子

离开迪戈·加西亚岛后，翟墨来到非洲。9 月 14 日抵达南非的查理兹贝，在这里他遇到了一对非常友好的德国夫妇，他们也是航海能手，给了翟墨许多帮助，还相约一起跨过厄加勒斯角和好望角，这是世界上两个非常危险的海域。厄加勒斯角是非洲大陆的最南端，印度洋与大西洋交界，经过这里时罗盘的磁针在这里指向正北方向，因为这个地区地磁北极与地理北极的方向正好一致，"日照"号上的电子仪器数字全乱了，这样的情况持续了 25 分钟之久。而好望角更是出名的"死亡之角"，这里多暴风雨，海浪汹涌，故最初被称为"风暴角"。好望角还常常有"杀人浪"出现，这种海浪前部犹如悬崖峭壁，后部则像缓缓的山坡，波高一般 15 到 20 米，在冬季频繁出现，还不时加上极地风引起的旋转浪，这两种海浪叠加在一起时，海况就更加恶劣，这片海域的底部沉睡着 2000 多艘沉船。翟墨也经历了这样的"杀人浪"，他和"日照"号都挺了过来。过了好望角后，翟墨就和这对德国夫妇告别了。结交不同文化背景的朋友，这大概也是航海的一大乐事吧。翟墨来到了开普

敦，在这里他又结识了许多华人朋友和外国友人；当他要离开开普敦时，朋友们都前往码头送行，帆船为他鸣笛。在过去的几个世纪有西班牙、葡萄牙、荷兰等国的帆船从好望角经过，却未见中国的帆船，翟墨让世界看到有中国人来征服好望角了。

2008年1月23日，翟墨登上了圣赫勒拿岛，拿破仑就是被流放在这里直到去世的。翟墨此行的主要目的是拜谒拿破仑。他一个人站在墓地前，回想着拿破仑的一生，拿破仑生前的那句话久久地回荡在他的耳边："中国是一头睡狮，当它醒来时，全世界将为之震惊！"在墓地前的一个长桌上放着从2003年到2008年来此地瞻仰拿破仑的游客的留言簿。翟墨翻阅着留言簿，上面以多种文字写着对这位英雄的缅怀，却没有汉字。于是他提笔写下："拿破仑，我为您的一句话来到此岛，我这次来，就是要告诉您，中国已经觉醒了！"翟墨从日照起航的时候，船上除了带了足够的食物等生活物品外，他还带了108本书和50面五星红旗，每到一个港口，"日照"号总是悬挂新的五星红旗进港，一路下来，用掉了其中的35面。当高高飘扬着五星红旗"日照"号驶入世界各地的港口时，人们就知道，是中国人来了，这也就意味着，中国来了！

离开圣赫勒拿岛后，春节很快就到了，翟墨在大海上，生火做饭犒劳自己，还喝了一些琅琊台酒，十几头海豚游在"日照"号旁边，仿佛是为了陪伴这位独自漂泊在海上的旅人。又经过三个月的航行，5月16日上午10点，翟墨抵达夏威夷，早在

3月国内就有一个朋友张罗着要给翟墨在夏威夷办画展，但是在办通关手续时却遇到了问题。办手续的官员怀疑翟墨是非法入境人员，禁止他入境："中国人能从一条小帆船上来吗？我在这里干了20年了，相信我，这是我见过最不可思议的事情。"经一位当地的华人解释后，这位官员才相信了翟墨，允许他入境。翟墨顺利开办了自己的画展，然后把卖画的钱全部捐给刚发生了大地震的四川灾区。他所卖的画都是他在航海过程中画下来的。在夏威夷，翟墨同样结识了许多华人华侨，他们对祖国有着无法割舍的情怀，翟墨的到来仿佛亲人的造访，让他们感到无比亲切，同时也让他们欣慰地看到中国正在逐渐走向强大。11月2日，翟墨再次扬帆起航，华人华侨朋友前来送行，有几位老华侨当场流下了热泪。

离开夏威夷后，翟墨一路上又经历了风暴、发高烧、头部受伤等困难，终于在2009年8月16日回到了日照，经过了900多个日日夜夜，航行了35000海里，翟墨成为单人无动力帆船环球航海中国第一人。专程到游艇码头迎接返航的交通部副部长徐祖远代表交通部庄严宣布："'日照'号暨中国首次单人无动力帆船环球航行圆满成功！"2011年1月17日，中国国家宣传片在纽约时代广场播出，翟墨的面孔出现在了大屏幕上，他实现了中国人的环球航海梦，让世界认识了非凡的中国人！

中国职业帆船第一人

——永远的船长郭川

　　"郭川"，一个与帆船紧紧联系在一起的名字，一个永远飘荡在大海之上的名字，一个被镌刻在航海史丰碑上的名字，讲述着一个关于梦想与执着的故事。"中国职业帆船第一人""第一位参加克利伯环球帆船赛的中国人""第一位单人帆船跨越英吉利海峡的中国人""第一个参加 6.5 米极限帆船赛事的中国人""第一位完成沃尔沃环球帆船赛的亚洲人"……这一个个耀眼的"第一"见证了郭川一次次的自我超越，然而对于郭川自己来说，他有一个最本真的身份——执着的海上追梦人。他的人生也正如他所说过的话一般："人生不应是一条由窄变宽、由急变缓的河流，更应该像一条在崇山峻岭间奔腾的小溪，时而一泻千里，总之你不会知道在下一个弯口会出现怎样的景致和故事，人生本该立体而多彩。"

一面哭泣，一面追求

　　郭川，1965 年出生于青岛，在 35 岁以前，他的学业、事业可以说是顺风顺水。他从北京航空航天大学毕业后被分配到长城工业总公司，在宇航部做一名工程师，由于工作出色，很快就成为公司的技术骨干，因此有了很多出国的机会。在国外他看到了一个更广阔的世界，最令他激动的是他接触到了极限运动，极限运动带来的自我突破的刺激和成就感深深地吸引着郭川，他意识到自己的工作已经无法带给他更多的挑战和期待，他需要为生活注入新的动力。1996 年，他又重回到学校，攻读北大光华管理学院 MBA，两年后拿到了 MBA 学位，他的许多同学毕业后都成为公司的 CEO，就在大家认为郭川也会走上这条道路时，郭川做出的决定出乎所有人意料。1999 年，已是而立之年的郭川辞去了令许多人羡慕的高薪工作，将自己存下来的几十万元都投入极限运动中去。许多人不理解他，在人们眼里，放弃众人羡慕的工作和地位去做极限运动，这是拿自己的整个人生在冒险。可对于郭川来说，精彩的人生本该如此，他就是要做一只自由翱翔的海燕。

辞职后的郭川尝试了一项又一项极限运动，滑雪、滑水、滑翔伞……两年后，他也开始考虑找一份新工作。就在这时他第一次接触到帆船，像是听到了命运召唤一般，他身上所有的热情都被点燃。2001 年，一艘香港籍的帆船到了山东，停在了青岛的码头，它那高高的桅杆、漂亮的帆布、整洁的甲板，一下子吸引住了郭川，他心中便萌发了要驾驶帆船的想法。后来，郭川作为一名"乘客"参加了一个从香港到三亚的帆船比赛，虽然他还不会驾驶帆船，可是那次航行让郭川彻底爱上了帆船，爱上了在海上驰骋的感觉。郭川在香港学习了一段时间帆船驾驶后，又前往法国的"帆船之都"——拉罗谢尔系统学习帆船驾驶，那里专业的帆船运动学习和教练让郭川的帆船驾驶技术有了很大的提高。2008 年，43 岁的郭川成为一名职业帆船选手，就在这一年，郭川作为当时国内唯一的职业帆船运动员，成为北京奥运会海上火炬传递的火炬手，这是世界上第一次用帆船

传递奥运火炬。

后来，郭川参加了十几项国际帆船比赛，其中最令他难忘的是 2008 年参加的沃尔沃环球帆船赛。沃尔沃环球帆船赛是世界上历时最长的职业体育赛事，也是全球顶尖的离岸帆船赛事，与美洲杯帆船赛和奥运会帆船比赛并称为世界三大帆船赛事。因为在中国港口停靠，参赛帆船"绿蛟龙"号想在中国招募一名中国船员；经过严格选拔，郭川被选中，他也成为第一位参加沃尔沃帆船赛的亚洲人。"绿蛟龙"号一共有 11 名船员，郭川担任的是媒体船员，虽然不能亲自参与帆船的驾驶工作，但是能够成为世界顶级帆船赛事的船员，已经让郭川感到非常满足。而事情并没有像他所预期的那样顺利。在航行的前几个月里，由于沟通的障碍，工作进展并不顺利，再加上苦行僧一般的生活，郭川一直无法适应船上的生活，他感到压力越来越大。每当夕阳快要落山的时候，郭川想到一天下来自己什么有用的信息都没有捕捉到，就有一种强烈的失落感和孤独感向他袭来，久而久之他感到非常焦虑；本来船员的休息时间就少，再加上自己整夜的失眠，他的身体慢慢被拖垮，患上了抑郁症。郭川无法向别人表达自己的切身感受，只能一个人躲在船舱里默默流泪，这样的状态一直持续了两个多月。当船队来到青岛时，郭川的病情依旧没有好转，看到欢迎他的家乡父老，郭川面部僵硬，想笑却笑不出来，家人和朋友看到他这样的状态，纷纷劝他放弃比赛，回家接受治疗。是继续比赛，还是放弃？郭川在这个选择前思索了许久，最后凭着对大海和帆船的热爱，他选择了坚持。离开青岛以后，随着郭川同船员们越来越熟悉，工作渐渐步入了正轨，失眠的毛病也渐渐好转。2009年6月28日，经过九个月、37000海里的航行，郭川跟随着"绿蛟龙"号抵达了终点。此时的郭川再回过头来看那最艰难的两个月，他知道过去的痛苦都已经化作了他前进的能量，成为他人生中宝贵的精神财富。

郭川将帕斯卡尔的一句话作为自己的座右铭："我只赞许那些一面哭泣一面追求的人。"郭川，正是这样一个一面哭泣一面追求的海上追梦人。

没有远方，只有故乡

2013年4月5日早上7点，在青岛奥帆中心的码头上已经聚集了上千人，他们在等着一个人的归航，这个人就是郭川。当郭川驾着"青岛"号驶进人们的视野时，汽笛声、鞭炮声、呐喊声响彻整个码头，人们热烈迎接他们的航海英雄，以这种方式纪念这历史性的一刻。在离岸还有三四米时，郭川不顾海水的冰冷跳入大海，游到岸边，泪流满面地跪谢自己的家人。他回来了，历经137天20小时2分钟28秒的环球航行，满载荣耀与泪水，郭川回来了，他兑现了自己四个多月前的承诺："我一定能回来。能回来的地方是故乡。没有远方，只有故乡。"2013年5月1日，国际帆联世界帆船速度纪录委员会正式宣布，郭

川创造了 40 英尺帆船单人不间断环球航海的世界纪录。

郭川要挑战单人不间断环球航海的纪录，这个决定并不是盲目的，他为这次环球航行做了将近三年的准备。郭川首先来到了法国造船厂，船厂根据他的需求为他量身设计了"青岛"号的雏形。接下来便是订制船帆及缆绳。根据本次挑战的需求，郭川又对船进行了二次改装，在船身打孔，增加围栏等。制作完成后，郭川将整船拆卸、装箱，运到中国香港。在香港完成组装后，2012 年 9 月底，郭川从香港出发，经钓鱼岛于 10 月初抵达青岛，完成首次试航。同时，他还拥有一个包括项目负责人、教练、气象专家等十多人的技术团队，为他提供技术支持和保障。在航行途中，郭川每天都会和气象专家直接对接，气象专家会给他发送前方路线的天气状况，并提出建议的路线，郭川也会把自己的想法与气象专家交流。在做好充足的准备后，2012 年 11 月 18 日，郭川驾驶"青岛"号在众人的欢呼声中，从青岛出发了——他将横穿太平洋，绕过合恩角，穿越大西洋和印度洋，通过印度尼西亚的巽他海峡北上回到青岛，全程不停靠，没有补给。

"青岛"号船体狭小，长度只有 12 米，而船舱只有四五平方米，这相当于一张双人床的大小，他的饮食起居都要在这个狭小的空间里进行。在起航的前几天，郭川还可以吃上家人准备的食物和新鲜的水果，吃完这些食物，就只能靠船上带的 150 袋真空压缩脱水食物度过剩下的 100 多个日夜，他喝的水是经过海水淡化器处理的海水。然而，在船上的日常生活中睡觉成了最奢侈的事情。海上瞬息万变，睡觉得看天气，郭川在船上装了一个定时装置，每次只能睡20分钟，平均每天睡三个小时。一旦遇到长时间的大风天气，可能连续几天无法休息。在起航的第二天，郭川就遇上了一个严峻的挑战，由于靠近大陆，渔船特别多，这就要时刻保持警惕，"青岛"号一旦撞上渔网就麻烦了。一次在郭川小睡的短短20分钟里，"青岛"号就撞上一个浮标，一条缆绳缠绕在舵上，险些将舵把刮断，经过及时处理，郭川顺利度过这次危机，继续穿越太平洋。

郭川在航行的第47天迎来了自己的48岁生日，这一天他送给自己的礼物是与家人视频，吃一包出发前准备好的速食面。15天后，郭川来到了位于南美洲最南端的合恩角。合恩角是世界上海况最恶劣的海域，这片海域终年强风不断，波涛汹涌；气候寒冷，海中还时常漂浮着巨大的冰块，历史上曾有500多艘船在这里沉没，所以合恩角也有"海上坟场"之称。能成功绕过合恩角，就好比登山运动员成功登上了珠穆朗玛峰，所以它被航海者们称为"航海者的珠穆朗玛"。当郭川航行到此时，距离起航已经两个多月了，一路上郭川遇到了无数的艰难险阻：遭遇热带风暴、前帆断裂、小球帆断裂落水……终于驶过了合恩角，郭川流下了激动的泪水。一个人，一艘船，一片无言的大海，这就是郭川一个人的海上世界。夜晚，当郭川仰望着繁星闪烁的天幕，仿佛世界上只有他一个人，整个世界都是他的，

这是陆地不能给予他的自由。在合恩角，郭川写了一个漂流瓶，希望捡到它的人会有好运。他在航行中放了许多漂流瓶，每一个都承载着他最朴素的愿望和对世界最真诚的热爱。2013 年 4 月 5 日，郭川用了 138 天的时间，一人在不靠岸、无补给的情况下，驾驶帆船在大海上不间断航行了 21600 海里，绕地球整整一圈，最终回到了出发地——青岛，成为第一个完成单人不间断环球航海的中国人。

永不停歇的追梦人

1998 年 6 月 12 日对法国航海界来说，是个悲痛的日子，这一天，被誉为"航海之父"的法国传奇水手埃里克·塔巴雷永远离开了这个世界。这日深夜，埃里克·塔巴雷驾驶一艘三体帆船航行在爱尔兰海上，突然暴风袭来，船体发生晃动，桅杆把他打落水中。一个月后塔巴雷的遗体被一艘渔船无意中从深海中拖出。九年后，郭川来到塔巴雷曾经生活过的法国城市拉特里尼泰，以这种方式接近他心中的英雄。也是在这座城市，2015 年 3 月，郭川从法国 IDEC 三体船前任驾驭者弗朗西斯·乔伊恩船长手中正式接管了这艘享誉世界航海界的超级三体帆船，他将该船正式更名为"中国·青岛"号。这艘三体船是一艘被国际航海界公认为简洁、高效、坚固的超级帆船，郭川希望能在它的陪伴下为中国写下新的航海篇章。2015 年 9 月，船长郭川率领五名国际船员，驾驶"中国·青岛"号三体帆船，从俄罗斯摩尔曼斯克起航，成功挑战了"死亡航道"——北冰洋东北航道，创造了世界航海史上的奇迹。2016年，为了向奥运致敬，也为了向世界展示中国不仅成功举办了夏季奥运会，还将举办一个成功的冬季奥运会，"中国·青岛"暂时更名为"北京时间2022"，郭川驾驶它横跨大西洋，在7月的最后一天、北京申办冬奥会成功一周年的特殊日子里，抵达将于五天后迎来奥运会盛大开幕的里约热内卢。结束了里约之行后，追梦者的脚步还在继续，郭川将要挑战一项新的世界纪录。

51岁的郭川想以20天或更短的时间，打破由意大利"玛莎拉蒂"号保持的从旧金山到上海21天的不间断跨太平洋航行的世界纪录。"玛莎拉蒂"号有11名船员，而这次郭川只有一个人。2016年10月18日，美国旧金山，阳光明媚，里士满游船码头一艘鲜红的三体帆船格外耀眼。郭川驾驶"中国·青岛"号从美国旧金山起航，他的目的地是中国上海。但是这次，我们没有等到船长胜利归来。10月25日15时左右，郭川与岸队和亲友通过卫星电话联络，通报当时航行情况，他告诉岸队航行顺畅，估计将于11月5或6日抵达目的地上海。但是在通话结束后不久，岸队观察到帆船在美国夏威夷海域出现航速减慢的状况，于是尝试联系郭川，但郭川对卫星电话和互联网通信均无应答。郭川的团队联系各方力量飞往事发地点进行搜救，美方派出的固定翼搜救飞机经四个小时飞行赶到帆船所在海域，发现帆船大三角帆落水，甲板上不见船长踪影……

　　郭川曾说过，自己只有到了大海上才能感觉到真正的自由。就像他名字中的"川"字一样，他的生命也像百川一样义无反顾地奔向了大海。许多人不理解郭川，放着安稳优越的生活不过，偏要去挑战极限，给自己找麻烦。大多数人习惯于生活在这个安稳的世界，让世人的眼光和安逸的生活磨平自己的棱角，毕竟向现实妥协是一个相对容易的选择，而郭川却是个始终忠于自我的追梦人，他永不妥协，永不放弃，这是英雄的姿态！正是因为有这样一群至诚执着的人，电灯、飞机等才会被发明；因为有这样一群至诚执着的人，世界人民才会紧紧相拥。郭川的人生是伟大的，也是幸福的，正像他自己所说，执着的人是幸福的。

展现大国担当

——中国海军亚丁湾护航

这是一片美丽动人的热带海洋，也是危机四伏的海上通道，这里是亚丁湾。

亚丁湾，是位于也门和索马里之间的一片阿拉伯海水域，它通过曼德海峡与红海相连，是船只快捷往来地中海和印度洋的必经通道，又是波斯湾石油输往欧洲和北美洲的重要水路。为了防范海盗对这条水路的侵扰，中国、美国、英国、印度等20多个国家都派出海军战舰，来到这片海域执行护航任务。护航是指在国际海事组织建议的安全海域内，各国舰队护送商船，由亚丁湾的一端驶向另一端。

初逢可疑船

2008年12月26日，由导弹驱逐舰"武汉"舰、"海口"舰，综合补给舰"微山湖"舰，舰载直升机以及海军特战队员组成的首批中国海军护航编队，从三亚一处军港驶出，其目的地是亚丁湾索马里海域。这次任务对于首批护航编队来说是重大而紧急的，以往远洋出访需要三个月的准备时间，中国海军担负远洋战斗任务应该需要更长的准备时间，但是由于索马里局势紧张，自2008年12月2日发布组建赴亚丁湾索马里海域护航编队的预先号令到12月26日首批编队出发，仅仅准备了24天。由于没有足够的时间进行协同训练，海军官兵利用十天的航程时间在军舰上进行抓紧训练，每天的训练内容安排得非常紧凑，肩负着重要任务的800多名官兵深知，对于即将面对的崭新的挑战不能有一丝松懈。

2009年1月6日，首批护航编队抵达亚丁湾索马里海域，当天就对中国四艘商船进行了护航。而在执行护航任务的第二天，就与可疑船只来了一次正面交锋。护航编队在为"振华13"号商船进行护航时，忽然有两艘可疑船只高速接近商船，在距离商船不到2海里时仍在快速接近，这是一个非常危险的距离，已经进入了护航编队重机枪的射击范围。索马里海盗组织严密，分工明确，有在岸上负责收集商船情报的，也有负责武装袭击的，还有专门负责侦查商船情况的。在实施抢劫活动之前，海盗们会派出侦查船侦查商船的航行情况，这些负责侦查的船只往往不带武器，护航编队很难判断船上人员是海盗还是普通渔民，所以不能贸然射击，只能驱离。由于不能判定可疑船只的身份，指挥员命令机枪手发射爆震弹示警，在爆震弹巨大声响的震慑下可疑船只迅速撤离。为了防止可疑船只再次如此近距离地接近商船，护航编队扩大了对可疑船只的警戒范围，同时每天安排直升机进行空中巡逻。

国际信赖的"文明之师"

自从中国护航编队来到，"我是中国海军护航编队，如需帮助，请在16频道呼叫我"的中英双语通告不间断地回响在索马里海域。只要中外商船发出求救信号，中国护航编队总是火速制订方案前去救援。2009年1月29日，直升机刚刚驱离

可疑船只准备返航，国际海事公共电台里突然传来呼救："我船遭到多艘海盗快艇围堵，请求支援！"这是一艘位于30海里外的希腊商船"ELENIG"号发出的求救信号。"武汉"舰拉响战斗警报，派出直升机前往救援。十多分钟后，直升机抵达事发海域，这时商船已经被近十艘海盗船包围，直升机低空飞行并打出信号弹，对海盗船进行驱离，但海盗船迟迟不愿放弃这块即将到手的"美食"，于是射击人员又打出震慑强度更大的爆震弹，并持续低空环绕，海盗们看到无机可乘才放弃了围攻。海军航空兵飞行员和特战队员，一直为希腊商船护航，直到一艘德国驱逐舰闻讯赶来。脱离险境的希腊商船对中国海军表达了由衷的感谢，这次营救行动让外国商船看到了中国海军崇高的人道主义精神。这是中国护航编队营救的第一艘外国商船，此后不断有没有事先申请保护的外国商船强烈要求跟随中国护航编队驶出危险海域。

2月16日，中国首批护航编队开始了第21批护航任务，这次护航从曼德海峡东口起航，至亚丁湾东部海域，全程约550海里。中国十艘被护商船分别是"开发者"号、"天榆峰"号、"阿尔平"号、"马士基艾文"号、"卡门"号、"白鹭洲"号、"碧澜嘉"号、"东昌海"号、"山海关"号和"振华21"号。十艘商船排成两纵队，"武汉"舰在一侧护航，由于船队庞大，指挥员命令三组特战队员分别登上位于编组前、中、后位置的商船实施随船护卫。同时，航经此海域的德国"HERMIONE"号、新加坡"VIKING CRUX"号和塞浦路斯"PRINCESS NATALY"号三艘外国商船主动要求加入这支已经十分庞大的船队，并获得了批准。为此，护航编队加大了保护力度，第二天正在执行区域巡逻任务的"海口"舰加入护航编组，与"武汉"舰分别在左、右两侧为商船护航。在护航过程中，中国海军护航编队及时示警驱离了多批可疑船只。

海上气候变幻莫测，天空似乎要有意考验这支队伍，亚丁湾东部海域出现了少有的霾尘天气，海面能见度降低，这就加大了护航的难度。编队指挥员立即下令提高战斗等级部署，加强瞭望和警戒值更，根据各个商船的航行速度科学编组，并采取伴随护航和随船护卫相结合的方式组织护航。在大雾的情况下保持船队间信息沟通的及时性非常重要，编队利用先进的导航和雷达设施，加强对海区情况和商船航行情况的掌握；由于外籍船员多，护航编队开放了中文和英文的甚高频指挥协调信道，并采用卫星传真和电子邮件方式发送护航方案，与商船保持不间断通信，保障组织指挥及时准确。在中国海军护航编队科学周密的计划和组织下，被护商船在浩瀚的大海上整齐有序地前行着。在这样的安全航行背后是每一位护航官兵紧绷的神经，直到顺利完成此次护航任务，官兵们才有了放松的机会。护航结束后，被护商船纷纷向中国海军表示感谢，德国"HERMIONE"号商船传来了感谢信息："感谢中国海军护航，你们的护航很出色，我们爱中国。"

第一批护航编队历时 124 天，先后为 212 艘船只护航，解救遇袭船只三艘。2009 年 4 月 2 日，"深圳"舰和"黄山"舰到达索马里海域，它们和仍旧在此停留的"微山湖"舰组成第二批护航编队，接替首批护航编队继续护航任务。2009 年 7 月 16 日，中国海军第三批护航编队从浙江舟山东海舰队某军港起航，赴亚丁湾索马里海域执行接替第二批护航编队护航任务。就这样一批又一批的护航官兵来到亚丁湾，为来往商船保驾护航。

大国担当：也门撤侨

除了对被护船只提供保护、营救遇难船只以外，中国护航编队还积极承担各种任务。

从 2015 年 3 月 26 日起，由沙特阿拉伯和埃及、约旦、苏丹等其他海湾国家参加的国际联军在也门发动打击胡塞武装的军事行动，当地局势骤然恶化。为了保障华侨安全，中央军委派出中国海军舰艇编队赴也门执行撤离中国公民的任务。而执行这次任务的是中国海军第 19 批护航编队。该编队于 2014 年 12 月 2 日从青岛某军港解缆起航前往亚丁湾执行护航任务，由导弹护卫舰"临沂"舰、"潍坊"舰和综合补给舰"微山湖"舰组成，其中，"临沂"舰、"潍坊"舰都是首次执行护航任务。

从也门发生政变开始，中国护航编队就时刻关注着这一重大事件，同时也关心着在也门的华侨们的安危。3 月 26 日深夜，从也门撤离人员的预先命令下达，并制订出《护航编队从也门撤离人员方案》。预先命令一到，编队立即组织各舰暂停护航行动。3月29日中午，"临沂"舰抵达也门亚丁港，这时的亚丁港硝烟弥漫。在中国驻亚丁总领事馆的安排下，有124名待撤离人员在亚丁港等候，其中除了华侨，还包括两名来自埃及和罗马尼亚的中企技术人员。看到高高飘扬的五星红旗和悬挂在舰舷上的"热烈欢迎中国同胞登舰""祖国派军舰接亲人们回家"的横幅，在港口等待的人们热泪盈眶，他们激动地喊道："来了！来了！祖国的军舰来了！来接我们回家了！"为确保人员安全登舰，"临沂"舰进入一级战斗部署，各战位严密组织观察警戒，直升机进入战斗值班，随时准备应对突发情况。全副武装的士兵迅速冲下舰艇，布设起一道安全警戒圈，把124名待撤离人员紧紧护在身后，经过分组、登记、安检后，124人全部安全登舰，前后总共用时39分钟。

3月30日，在红海南部的也门荷台达港，"潍坊"舰执行着另外一次更多人的撤离任务。这是中国军舰首次停靠于此，而此时的荷台达仍遭受着空袭，如何快速安全地将所有人员成功撤离，对"潍坊"舰来说是一项重大挑战。完成撤离任务的"临沂"舰通过卫星将撤离经验发送到荷台达，"潍坊"舰的预备指挥所立即完善了撤离方案，提高安置效率。在所有环节中，安检耗时最多，为了加大人员流动速度，"潍坊"舰开辟了六条通道，仅仅用了一个小时，所有撤离人员安全登舰。

在军舰上，熟悉的家乡味道正等待着刚从惊吓中恢复过来的人们。红烧牛肉、酸菜粉丝、木须肉、土豆片炒青椒、肉串、鱿鱼圈和紫菜蛋花汤，丰盛的晚宴顿时驱走了刚刚还萦绕在耳边的炮火声，一切恍若隔世，家的温暖笼罩着每一个人。炊事员还专门为 64 名回族和维吾尔族同胞准备了清真膳食。在撤离人员吃过饭后，舰员们才开始吃晚餐，而他们的食物是肉罐头、煮南瓜和馒头，这样每顿只有两个菜的伙食，舰员们已经吃了三天，因为舰上的食物所剩不多，他们这样是为了让撤离人员吃好。舰员们对撤离人员的关怀可谓无微不至，由于船上空间不足，舰员们把自己的床铺让给同胞，他们自己坐在马扎上睡觉，随舰的医护人员每隔两个小时就巡诊一次，为晕船人员发晕船药。

九天内 629 名同胞被全部安全撤离，中国军舰还向其他国家伸出援手，先后帮助撤离了巴基斯坦、印度、埃塞俄比亚、埃及、新加坡、意大利、英国、比利时等 15 个国家的 279 名人员。一位从也门回到祖国的斯里兰卡侨民激动地说："几天前我还在面对炮火和死亡，而此刻我已站在了祖国的土地上。你想象不到我有多么感谢中国。"

2014 年 3 月，中国海军护航编队还参与了对马航 MH 370 航班飞机的联合搜救行动。同年 12 月，为遭遇淡水危机的马尔代夫马累市，送去 600 余吨淡水。中国海军护航编队出现在炎黄子孙需要它的地方，也出现在国际社会需要它的地方，尽全力保障祖国利益，维护世界和平，展现了中国作为一个文明大国的担当和胸襟。

2017 年 8 月 1 日上午 10 点，由导弹驱逐舰"海口"舰、导弹护卫舰"岳阳"舰以及综合补给舰"青海湖"舰组成的中国海军第 27 批护航编队从三亚某军港解缆起航。亚丁湾上空将继续飘扬着五星红旗，为往来船只保驾护航，树立中国海军"威武之师""文明之师""和平之师"的光辉形象。

图书在版编目（CIP）数据

中国海洋故事. 航海卷 / 宋殿玉主编. — 青岛: 中国海洋大学出版社, 2018.1
（2023.11重印）
ISBN 978-7-5670-1687-3

Ⅰ.①中… Ⅱ.①宋… Ⅲ.①故事—作品集—中国 Ⅳ.①I217.1

中国版本图书馆CIP数据核字(2018)第011123号

出版发行　中国海洋大学出版社
社　　　址　青岛市香港东路23号　　邮政编码　266071
出 版 人　杨立敏
网　　　址　http://www.ouc-press.com
电子信箱　465407097@qq.com
订购电话　0532-82032573（传真）
责任编辑　董　超
电　　话　0532-85902342
装帧设计　祝玉华
照　　排　光合时代
印　　制　青岛国彩印刷股份有限公司
版　　次　2019年1月第1版
印　　次　2023年11月第4次印刷
成品尺寸　170mm×230mm
印　　张　11.25
印　　数　5001~7000
字　　数　110千
定　　价　32.00元

如发现印装质量问题，请致电0532-58700166，由印刷厂负责调换。